Extension du domaine de la lutte

Du même auteur

H.P. Lovecraft, Le Rocher, 1991 ; J'ai Lu, 1999 ; nouvelle édition, 2010.

Rester vivant, La Différence, 1991 ; Librio, 1999.

La Poursuite du bonheur, La Différence, 1991 ; Librio, 2001.

Extension du domaine de la lutte, Maurice Nadeau, 1994 ; J'ai Lu, 1997.

Le Sens du combat, Flammarion, 1996.

Rester vivant suivi de *La Poursuite du bonheur* (édition revue par l'auteur), Flammarion, 1997.

Interventions, Flammarion, 1998.

Les Particules élémentaires, Flammarion, 1998 ; J'ai Lu, 2000.

Rester vivant et autres textes, Librio, 1999.

Renaissance, Flammarion, 1999.

Lanzarote, Flammarion, 2000.

Poésies (intégrale poche), J'ai Lu, 2000.

Poésie (nouvelle édition), J'ai Lu, 2010.

Plateforme, Flammarion, 2001 ; J'ai Lu, 2002.

Lanzarote et autres textes, Librio, 2002.

La Possibilité d'une île, Fayard, 2005 ; Le Livre de Poche, 2007.

Ennemis publics (avec Bernard-Henri Lévy), Flammarion/Grasset, 2008.

Interventions 2, Flammarion, 2009.

Michel HOUELLEBECQ

Extension du domaine de la lutte

ROMAN

1

« *La nuit est avancée, le jour appro-*
che. Dépouillons-nous donc des œuvres
des ténèbres, et revêtons les armes de la
lumière. »

Romains, XIII, 12

Vendredi soir, j'étais invité à une soirée chez un
collègue de travail. On était une bonne trentaine,
rien que des cadres moyens âgés de vingt-cinq à
quarante ans. À un moment donné il y a une
connasse qui a commencé à se déshabiller. Elle a
ôté son T-shirt, puis son soutien-gorge, puis sa
jupe, tout ça en faisant des mines incroyables. Elle
a encore tournoyé en petite culotte pendant quelques secondes, et puis elle a commencé à se resa-
per, ne voyant plus quoi faire d'autre. D'ailleurs
c'est une fille qui ne couche avec personne. Ce qui
souligne bien l'absurdité de son comportement.

Après mon quatrième verre de vodka j'ai commencé à me sentir assez mal, et j'ai dû aller m'éten-
dre sur un tas de coussins derrière le canapé. Peu
après, deux filles sont venues s'asseoir sur ce même
canapé. Ce sont deux filles pas belles du tout, les
deux boudins du service en fait. Elles vont manger
ensemble et elles lisent des bouquins sur le développement du langage chez l'enfant, tout ce genre
de trucs.

Aussitôt elles se sont mises à commenter les nouvelles du jour, à savoir qu'une fille du service était venue au boulot avec une minijupe vachement mini, au ras des fesses.

Et qu'est-ce qu'elles en pensaient ? Elles trouvaient ça très bien. Leurs silhouettes se détachaient en ombres chinoises, bizarrement agrandies, sur le mur au-dessus de moi. Leurs voix me paraissaient venir de très haut, un peu comme le Saint-Esprit. En fait je n'allais pas bien du tout, c'est clair.

Pendant quinze minutes elles ont continué à aligner les platitudes. Et qu'elle avait bien le droit de s'habiller comme elle voulait, et que ça n'avait rien à voir avec le désir de séduire les mecs, et que c'était juste pour se sentir bien dans sa peau, pour se plaire à elle-même, etc. Les ultimes résidus, consternants, de la chute du féminisme. À un moment donné j'ai même prononcé ces mots à voix haute : « les ultimes résidus, consternants, de la chute du féminisme ». Mais elles ne m'ont pas entendu.

Moi aussi j'avais bien remarqué cette fille. Difficile de ne pas la voir. D'ailleurs, même le chef de service était en érection.

Je me suis endormi avant la fin de la discussion, mais j'ai fait un rêve pénible. Les deux boudins se tenaient bras dessus, bras dessous dans le couloir qui traverse le service, et elles levaient haut la jambe en chantant à tue-tête :

> *« Si je me promène cul nu,*
> *C'est pas pour vous sédui-re !*
> *Si je montre mes jambes poilues,*
> *C'est pour me faire plaisi-re ! »*

6

La fille à la minijupe était dans l'embrasure d'une porte, mais cette fois elle était vêtue d'une longue robe noire, mystérieuse et sobre. Elle les regardait en souriant. Sur ses épaules était perché un perroquet gigantesque, qui représentait le chef de service. De temps en temps elle lui caressait les plumes du ventre, d'une main négligente mais experte.

En me réveillant, je me suis rendu compte que j'avais vomi sur la moquette. La soirée touchait à sa fin. J'ai dissimulé les vomissures sous un tas de coussins, puis je me suis relevé pour essayer de rentrer chez moi. Alors, je me suis aperçu que j'avais perdu mes clefs de voiture.

2

Au milieu des Marcel

Le surlendemain était un dimanche. Je suis retourné dans le quartier, mais ma voiture est restée introuvable. En fait, je ne me souvenais plus où je l'avais garée ; toutes les rues me paraissaient convenir, aussi bien. La rue Marcel-Sembat, Marcel-Dassault... beaucoup de Marcel. Des immeubles rectangulaires, où vivent les gens. Violente impression d'identité. Mais où était ma voiture ?

Déambulant entre ces Marcel, je fus progressivement envahi par une certaine lassitude à l'égard des voitures, et des choses de ce monde. Depuis son achat, ma Peugeot 104 ne m'avait causé que des tracas : réparations multiples et peu compréhensibles, accrochages légers... Bien sûr les conducteurs adverses feignent la décontraction, sortent leur formulaire de constat amiable, disent : « OK d'accord » ; mais au fond ils vous jettent des regards pleins de haine ; c'est très déplaisant.

Et puis, si l'on voulait bien y réfléchir, j'allais au travail en métro ; je ne partais plus guère en week-end, faute de destination vraisemblable ; pour mes vacances j'optais le plus souvent pour la formule du voyage organisé, parfois pour celle du séjour-club. « À quoi bon cette voiture ? » me répétais-je avec impatience en enfilant la rue Émile-Landrin.

Pourtant, ce n'est qu'en débouchant dans l'avenue

Ferdinand-Buisson que l'idée me vint d'établir une déclaration de vol. Beaucoup de voitures sont volées de nos jours, surtout en proche banlieue ; l'anecdote serait aisément comprise et admise, aussi bien par la compagnie d'assurances que par mes collègues de bureau. Comment, en effet, avouer que j'avais perdu ma voiture ? Je passerais aussitôt pour un plaisantin, voire un anormal ou un guignol ; c'était très imprudent. La plaisanterie n'est guère de mise, sur de tels sujets ; c'est là que les réputations se forment, que les amitiés se font ou se défont. Je connais la vie, j'ai l'habitude. Avouer qu'on a perdu sa voiture, c'est pratiquement se rayer du corps social ; décidément, arguons du vol.

Plus tard dans la soirée, ma solitude devint douloureusement tangible. Des feuilles parsemaient la table de la cuisine, légèrement maculées d'un reste de thon à la catalane Saupiquet. Il s'agissait de notes relatives à une fiction animalière ; la fiction animalière est un genre littéraire comme un autre, peut-être supérieur à d'autres ; quoi qu'il en soit, j'écris des fictions animalières. Celle-ci s'intitulait « *Dialogues d'une vache et d'une pouliche* » ; on pourrait la qualifier de méditation éthique ; elle m'avait été inspirée par un bref séjour professionnel dans le pays de Léon. En voici un extrait significatif :

« Considérons en premier lieu la vache bretonne : tout au long de l'année elle ne songe qu'à brouter, son mufle luisant s'abaisse et se relève avec une régularité impressionnante, et nul frémissement d'angoisse ne vient troubler le regard pathétique de ses yeux brun clair. Tout cela semble de fort bon aloi, tout cela semble même indiquer une profonde unité existentielle, une identité à plus d'un titre enviable entre son être-au-monde et son être-en-soi. Hélas, en l'occurrence, le philosophe se trouve pris en défaut et ses conclusions, quoique fondées sur une intuition juste et profonde, se verront frappées d'invalidité s'il n'a auparavant pris la précaution de se documenter auprès du naturaliste. En effet, double est la nature de la vache bretonne. À certaines périodes de l'année (précisément spécifiées par l'inexorable fonctionnement de la programmation génétique), une étonnante révolution se produit dans son être. Ses meuglements s'accentuent, se prolongent, leur texture harmonique elle-même se modifie jusqu'à rappeler parfois de manière stupéfiante certaines plaintes qui échappent aux fils de l'homme. Ses mouvements se font plus rapides, plus nerveux, parfois elle trottine. Il n'est jusqu'à son mufle, lequel semblait pourtant, dans sa régularité luisante, conçu pour refléter la permanence absolue d'une sagesse minérale, qui ne se contracte et se torde sous l'effet douloureux d'un désir assurément puissant.

La clef de l'énigme est fort simple, et la voici : ce que désire la vache bretonne (manifestant ainsi, il faut lui rendre justice sur ce point, le seul désir de sa vie), c'est, comme le disent les éleveurs dans leur parler cynique, « se faire remplir ». Aussi la remplissent-ils, plus ou moins directement ; la seringue de l'insémination artificielle peut en effet, quoique au prix de certaines complications émotionnelles, remplacer pour cet office le pénis du taureau. Dans les deux cas la vache se calme et revient à son état originel de méditation attentive, à ceci près que quelques mois plus tard elle donnera naissance à un ravissant petit veau. Ce qui est, soit dit en passant, tout bénéfice pour l'éleveur. »

Naturellement, l'éleveur symbolisait Dieu. Mû par une sympathie irrationnelle pour la pouliche, il lui promettait dès le chapitre suivant la jouissance éternelle de nombreux étalons, tandis que la vache, coupable du péché d'orgueil, serait peu à peu condamnée aux mornes jouissances de la fécondation artificielle. Les pathétiques meuglements du bovidé s'avéraient incapables de fléchir la sentence du Grand Architecte. Une délégation de brebis, formée en solidarité, ne connaissait pas un meilleur sort. Le Dieu mis en scène dans cette fiction brève n'était pas, on le voit, un Dieu de miséricorde.

3

La difficulté, c'est qu'il ne suffit pas exactement de vivre selon la règle. En effet vous parvenez (parfois de justesse, d'extrême justesse, mais dans l'ensemble vous y parvenez) à vivre selon la règle. Vos feuilles d'imposition sont à jour. Vos factures, payées à la bonne date. Vous ne vous déplacez jamais sans carte d'identité (et la petite pochette spéciale pour la carte bleue !...).

Pourtant, vous n'avez pas d'amis.

La règle est complexe, multiforme. En dehors des heures de travail il y a les achats qu'il faut bien effectuer, les distributeurs automatiques où il faut bien retirer de l'argent (et où, si souvent, vous devez attendre). Surtout, il y a les différents règlements que vous devez faire parvenir aux organismes qui gèrent les différents aspects de votre vie. Par-dessus le marché vous pouvez tomber malade, ce qui entraîne des frais, et de nouvelles formalités.

Cependant, il reste du temps libre. Que faire ? Comment l'employer ? Se consacrer au service d'autrui ? Mais, au fond, autrui ne vous intéresse guère. Écouter des disques ? C'était une solution, mais au fil des ans vous devez convenir que la musique vous émeut de moins en moins.

Le bricolage, pris dans son sens le plus étendu,

peut offrir une voie. Mais rien en vérité ne peut empêcher le retour de plus en plus fréquent de ces moments où votre absolue solitude, la sensation de l'universelle vacuité, le pressentiment que votre existence se rapproche d'un désastre douloureux et définitif se conjuguent pour vous plonger dans un état de réelle souffrance.

Et, cependant, vous n'avez toujours pas envie de mourir.

Vous avez eu une vie. Il y a eu des moments où vous aviez une vie. Certes, vous ne vous en souvenez plus très bien ; mais des photographies l'attestent. Ceci se passait probablement à l'époque de votre adolescence, ou un peu après. Comme votre appétit de vivre était grand, alors ! L'existence vous apparaissait riche de possibilités inédites. Vous pouviez devenir chanteur de variétés ; partir au Venezuela.

Plus surprenant encore, vous avez eu une enfance. Observez maintenant un enfant de sept ans, qui joue avec ses petits soldats sur le tapis du salon. Je vous demande de l'observer avec attention. Depuis le divorce, il n'a plus de père. Il voit assez peu sa mère, qui occupe un poste important dans une firme de cosmétiques. Pourtant il joue aux petits soldats, et l'intérêt qu'il prend à ces représentations du monde et de la guerre semble très vif. Il manque déjà un peu d'affection, c'est certain ; mais comme il a l'air de s'intéresser au monde !

Vous aussi, vous vous êtes intéressé au monde. C'était il y a longtemps ; je vous demande de vous en souvenir. Le domaine de la règle ne vous suffisait plus ; vous ne pouviez vivre plus longtemps dans le domaine de la règle ; aussi, vous avez dû entrer dans le domaine de la lutte. Je vous demande de vous reporter à ce moment précis. C'était il y a longtemps, n'est-ce pas ? Souvenez-vous : l'eau était froide.

Maintenant, vous êtes loin du bord : oh oui ! comme vous êtes loin du bord ! Vous avez long-temps cru à l'existence d'une autre rive ; tel n'est plus le cas. Vous continuez à nager pourtant, et chaque mouvement que vous faites vous rapproche de la noyade. Vous suffoquez, vos poumons vous brûlent. L'eau vous paraît de plus en plus froide, et surtout de plus en plus amère. Vous n'êtes plus tout jeune. Vous allez mourir, maintenant. Ce n'est rien. Je suis là. Je ne vous laisserai pas tomber. Continuez votre lecture.

Souvenez-vous, encore une fois, de votre entrée dans le domaine de la lutte.

Les pages qui vont suivre constituent un roman ; j'entends, une succession d'anecdotes dont je suis le héros. Ce choix autobiographique n'en est pas réellement un : de toute façon, je n'ai pas d'autre issue. Si je n'écris pas ce que j'ai vu je souffrirai autant — et peut-être un peu plus. Un peu seule-ment, j'y insiste. L'écriture ne soulage guère. Elle retrace, elle délimite. Elle introduit un soupçon de cohérence, l'idée d'un réalisme. On patauge tou-jours dans un brouillard sanglant, mais il y a quel-ques repères. Le chaos n'est plus qu'à quelques mètres. Faible succès, en vérité.

Quel contraste avec le pouvoir absolu, miracu-leux, de la lecture ! Une vie entière à lire aurait comblé mes vœux ; je le savais déjà à sept ans. La texture du monde est douloureuse, inadéquate ;

elle ne me paraît pas modifiable. Vraiment, je crois qu'une vie entière à lire m'aurait mieux convenu.

Une telle vie ne m'a pas été donnée.

Je viens d'avoir trente ans. Après un démarrage chaotique, j'ai assez bien réussi dans mes études ; aujourd'hui, je suis cadre moyen. Analyste-programmeur dans une société de services en informatique, mon salaire net atteint 2,5 fois le SMIC ; c'est déjà un joli pouvoir d'achat. Je peux espérer une progression significative au sein même de mon entreprise ; à moins que je ne décide, comme beaucoup, d'entrer chez un client. En somme, je peux m'estimer satisfait de mon statut social. Sur le plan sexuel, par contre, la réussite est moins éclatante. J'ai eu plusieurs femmes, mais pour des périodes limitées. Dépourvu de beauté comme de charme personnel, sujet à de fréquents accès dépressifs, je ne corresponds nullement à ce que les femmes recherchent en priorité. Aussi ai-je toujours senti, chez les femmes qui m'ouvraient leurs organes, comme une légère réticence ; au fond je ne représentais guère, pour elles, qu'un *pis-aller*. Ce qui n'est pas, on en conviendra, le point de départ idéal pour une relation durable.

Depuis ma séparation avec Véronique, il y a deux ans, je n'ai en fait connu aucune femme ; les tentatives faibles et inconsistantes que j'ai faites dans ce sens n'ont abouti qu'à un échec prévisible. Deux ans, cela paraît déjà une longue période. Mais en réalité, surtout quand on travaille, ça passe très vite. Tout le monde vous le confirmera : ça passe très vite.

Il se peut, sympathique ami lecteur, que vous soyez vous-même une femme. Ne vous en faites pas, ce sont des choses qui arrivent. D'ailleurs ça ne modifie en rien ce que j'ai à vous dire. Je ratisse large.

Mon propos n'est pas de vous enchanter par de subtiles notations psychologiques. Je n'ambitionne pas de vous arracher des applaudissements par ma finesse et mon humour. Il est des auteurs qui font servir leur talent à la description délicate de différents états d'âme, traits de caractère, etc. On ne me comptera pas parmi ceux-là. Toute cette accumulation de détails réalistes, censés camper des personnages nettement différenciés, m'est toujours apparue, je m'excuse de le dire, comme pure foutaise. Daniel qui est l'ami d'Hervé, mais qui éprouve certaines réticences à l'égard de Gérard. Le fantasme de Paul qui s'incarne en Virginie, le voyage à Venise de ma cousine... on y passerait des heures. Autant observer les homards qui se marchent dessus dans un bocal (il suffit, pour cela, d'aller dans un restaurant de poissons). Du reste, je fréquente peu les êtres humains.

Pour atteindre le but, autrement philosophique, que je me propose, il me faudra au contraire élaguer. Simplifier. Détruire un par un une foule de détails. J'y serai d'ailleurs aidé par le simple jeu du mouvement historique. Sous nos yeux, le monde s'uniformise ; les moyens de télécommunication progressent ; l'intérieur des appartements s'enrichit de nouveaux équipements. Les relations humaines deviennent progressivement impossibles, ce qui réduit d'autant la quantité d'anecdotes dont se compose une vie. Et peu à peu le visage de la mort apparaît, dans toute sa splendeur. Le troisième millénaire s'annonce bien.

4

Bernard, oh Bernard

Le lundi suivant, en retournant à mon travail, j'appris que ma société venait de vendre un progiciel au ministère de l'Agriculture, et que j'avais été choisi pour assurer la formation. Ceci me fut annoncé par Henry La Brette (il tient beaucoup au *y*, ainsi qu'à la séparation en deux mots). Âgé comme moi de trente ans, Henry La Brette est mon supérieur hiérarchique direct ; nos relations en général sont empreintes d'une sourde hostilité. Ainsi il m'a d'emblée indiqué, comme s'il se faisait une joie personnelle de me contrarier, que ce contrat nécessiterait plusieurs déplacements : à Rouen, à La Roche-sur-Yon, je ne sais où encore. Ces déplacements ont toujours représenté pour moi un cauchemar ; Henry La Brette le sait. J'aurais pu rétorquer : « Eh bien, je démissionne » ; mais je ne l'ai pas fait.

Bien avant que le mot ne soit à la mode, ma société a développé une authentique *culture d'entreprise* (création d'un logo, distribution de sweat-shirts aux salariés, séminaires de motivation en Turquie). C'est une entreprise performante, jouissant d'une réputation enviable dans sa partie ; à tous points de vue, une *bonne boîte.* Je ne peux pas démissionner sur un coup de tête, on le comprend.

Il est dix heures du matin. Je suis assis dans un

bureau blanc et calme, en face d'un type légèrement plus jeune que moi, qui vient de rejoindre l'entreprise. Je crois qu'il s'appelle Bernard. Sa médiocrité est éprouvante. Il n'arrête pas de parler de fric et de placements : les SICAV, les obligations françaises, les plans d'épargne-logement... tout y passe. Il compte sur un taux d'augmentation légèrement supérieur à l'inflation. Il me fatigue un peu ; je n'arrive pas vraiment à lui répondre. Sa moustache bouge.

Quand il sort du bureau, le silence retombe. Nous travaillons dans un quartier complètement dévasté, évoquant vaguement la surface lunaire. C'est quelque part dans le treizième arrondissement. Quand on arrive en bus, on se croirait vraiment au sortir d'une troisième guerre mondiale. Pas du tout, c'est juste un plan d'urbanisme.

Nos fenêtres donnent sur un terrain vague, pratiquement à perte de vue, boueux, hérissé de palissades. Quelques carcasses d'immeubles. Des grues immobiles. L'ambiance est calme et froide.

Bernard revient. Pour égayer l'atmosphère, je lui raconte que ça sent mauvais dans mon immeuble. En général les gens aiment bien ces histoires de puanteur, je l'ai remarqué ; et c'est vrai ce matin en descendant l'escalier j'ai vraiment perçu une odeur pestilentielle. Que fait donc la femme de ménage, d'habitude si active ?

Il dit : « Ça doit être un rat crevé, quelque part. » La perspective, on ne sait pourquoi, semble l'amuser. Sa moustache bouge légèrement.

Pauvre Bernard, dans un sens. Qu'est-ce qu'il peut bien faire de sa vie ? Acheter des disques laser à la FNAC ? Un type comme lui devrait avoir des enfants ; s'il avait des enfants, on pourrait espérer

qu'il finisse par sortir quelque chose de ce grouille-
ment de petits Bernards. Mais non, il n'est même
pas marié. Fruit sec.

Au fond il n'est pas tellement à plaindre, ce bon
Bernard, ce cher Bernard. Je pense même qu'il est
heureux dans la mesure qui lui est impartie, bien
sûr ; dans sa mesure de Bernard.

5

Prise de contact

Plus tard, je pris rendez-vous au ministère de l'Agriculture avec une fille appelée Catherine Lechardoy. Le progiciel, lui, s'appelait « Sycomore ». Le véritable sycomore est un arbre apprécié en ébénisterie, fournissant en outre une sève sucrée, qui pousse dans certaines régions de la zone tempérée froide ; il est en particulier répandu au Canada. Le progiciel Sycomore est écrit en Pascal, avec certaines routines en C++. Pascal est un écrivain français du XVIIᵉ siècle, auteur des célèbres « Pensées ». C'est également un langage de programmation puissamment structuré, particulièrement adapté aux traitements statistiques, dont j'avais su acquérir la maîtrise par le passé. Le progiciel Sycomore devait servir à payer les aides gouvernementales aux agriculteurs, domaine dont était chargée Catherine Lechardoy, sur le plan informatique s'entend. Jusqu'à présent nous ne nous étions jamais rencontrés, Catherine Lechardoy et moi. En somme, il s'agissait d'une « première prise de contact ».

Dans nos métiers de l'ingénierie informatique, l'aspect le plus fascinant est sans doute le contact avec la clientèle ; c'est du moins ce qu'aiment à souligner les responsables de l'entreprise, autour d'un alcool de figue (j'ai plusieurs fois surpris leurs propos de piscine, lors du dernier séminaire au village-club de Kusadasi).

Pour ma part, c'est toujours avec une certaine appréhension que j'envisage le premier contact avec un nouveau client ; il y a là différents êtres humains, organisés dans une structure donnée, à la fréquentation desquels il va falloir s'habituer ; pénible perspective. Bien entendu l'expérience m'a rapidement appris que je ne suis appelé qu'à rencontrer des gens sinon exactement identiques, du moins tout à fait similaires dans leurs coutumes, leurs opinions, leurs goûts, leur manière générale d'aborder la vie. Il n'y a donc théoriquement rien à craindre, d'autant que le caractère professionnel de la rencontre garantit en principe son innocuité. Il n'empêche, j'ai également eu l'occasion de me rendre compte que les êtres humains ont souvent à cœur de se singulariser par de subtiles et déplaisantes variations, défectuosités, traits de caractère et ainsi de suite — sans doute dans le but d'obliger leurs interlocuteurs à les traiter comme des individus à part entière. Ainsi l'un aimera le tennis, l'autre sera friand d'équitation, un troisième s'avérera pratiquer le golf. Certains cadres supérieurs raffolent des filets de hareng ; d'autres les détestent. Autant de destins, autant de parcours possibles. Si le cadre général d'un « premier contact clientèle » est donc nettement circonscrit, il demeure donc toujours, hélas, une marge d'incertitude.

En l'occurrence, lorsque je me présentai au bureau 6017, Catherine Lechardoy était absente. Elle avait été, m'informa-t-on, « retenue par une mise au point sur le site central ». On m'invita à m'asseoir pour l'attendre, ce que je fis. La conversation roulait autour d'un attentat qui avait eu lieu la veille aux Champs-Élysées. Une bombe avait été déposée sous une banquette dans un café. Deux personnes étaient mortes. Une troisième avait les jambes sectionnées et la moitié du visage arraché ; elle resterait mutilée et aveugle. J'appris que ce n'était pas le premier attentat ; quelques jours auparavant une bombe avait explosé dans une poste près de l'Hôtel de Ville, déchiquetant une femme d'une cinquantaine d'années. J'appris également que ces bombes étaient posées par des terroristes arabes, qui réclamaient la libération d'autres terroristes arabes, détenus en France pour différents assassinats.

Vers dix-sept heures je dus partir à la préfecture de police, déposer plainte pour le vol de ma voiture. Catherine Lechardoy n'était pas revenue, et je n'avais guère pris part à la conversation. La prise de contact aurait lieu un autre jour, j'imagine.

L'inspecteur qui tapa mon dépôt de plainte avait à peu près mon âge. Manifestement d'origine provençale, il avait une alliance. Je me suis demandé si sa femme, ses enfants éventuels, lui-même étaient heureux à Paris. Femme postière, enfants à la crèche ? Impossible de savoir.

Comme on pouvait s'y attendre, il était un peu amer et désabusé : « Les vols... défilent toute la journée... aucune chance... de toute façon on les relâche tout de suite... » J'acquiesçais avec sympathie au fur et à mesure qu'il prononçait ces paroles simples et vraies, tirées de son expérience quotidienne ; mais je ne pouvais rien faire pour alléger son fardeau.

Sur la fin, cependant, il m'a semblé que son

amertume se teintait d'une tonalité légèrement positive : « Allez, au revoir ! On la retrouvera peut-être quand même, votre voiture ! Ça arrive !... » Il souhaitait, je pense, en dire un peu plus ; mais il n'y avait rien d'autre.

6

La deuxième chance

Le lendemain matin, on m'apprend que j'ai commis une erreur. J'aurais dû insister pour voir Catherine Lechardoy ; mon départ sans explications a été mal perçu par le ministère de l'Agriculture.

J'apprends également — et c'est une surprise — que mon travail, lors du contrat précédent, n'a pas donné entière satisfaction. On me l'avait tu jusqu'à présent, mais j'avais déplu. Ce contrat avec le ministère de l'Agriculture est, en quelque sorte, une deuxième chance qu'on m'offre. Mon chef de service prend un air tendu, assez feuilleton américain, pour me dire : « Nous sommes au service du client, vous savez. Dans nos métiers, hélas, il est rare qu'on nous offre une deuxième chance... »

Je regrette de mécontenter cet homme. Il est très beau. Un visage à la fois sensuel et viril, des cheveux gris coupés court. Chemise blanche d'un tissu impeccable, très fin, laissant transparaître des pectoraux puissants et bronzés. Cravate club. Mouvements naturels et fermes, indice d'une condition physique parfaite.

La seule excuse que je trouve à donner — et qui me paraît bien faible — c'est qu'on vient de me voler ma voiture. Je fais donc état d'un trouble psychologique naissant, contre lequel je m'engage aussitôt à lutter. C'est alors que quelque chose bascule chez mon chef de service ; le vol de ma voiture, visiblement, l'indigne. Il ne savait pas ; il ne pouvait pas deviner ; il comprend mieux, à présent. Et au moment de se quitter, debout près de la porte de son bureau, les pieds plantés dans l'épaisse moquette gris perle, c'est avec émotion qu'il me souhaitera de « tenir bon ».

7

Catherine, petite Catherine

> *« Good times are coming*
> *I hear it everywhere I go*
> *Good times are coming*
> *But they're sure coming slow. »*
>
> Neil YOUNG

La réceptionniste du ministère de l'Agriculture a toujours une minijupe en cuir ; mais cette fois je n'ai pas besoin d'elle pour trouver le bureau 6017.

Catherine Lechardoy confirme dès le début toutes mes appréhensions. Elle a 25 ans, un BTS informatique, des dents gâtées sur le devant ; son agressivité est étonnante : « Espérons qu'il va marcher, votre logiciel ! Si c'est comme le dernier qu'on vous a acheté... une vraie saleté. Enfin évidemment ce n'est pas moi qui décide ce qu'on achète. Moi je suis la bobonne, je suis là pour réparer les conneries des autres... », etc.

Je lui explique que ce n'est pas moi qui décide ce qu'on vend, non plus. Ni ce qu'on fabrique. En fait je ne décide rien du tout. Ni l'un ni l'autre nous ne décidons quoi que ce soit. Je suis juste venu pour l'aider, lui donner des exemplaires de la notice d'utilisation, essayer de mettre au point un programme de formation avec elle... Mais rien de tout cela ne l'apaise. Sa rage est intense, sa rage est profonde. Maintenant, elle parle de méthodologie. D'après elle, tout le monde devrait se conformer à une méthodologie rigoureuse basée sur la programmation structurée ; et au lieu de ça c'est l'anarchie, les programmes sont écrits n'importe comment, chacun fait ce qu'il veut dans son coin sans s'occuper des autres, il n'y a pas d'entente, il n'y a pas de projet général, il n'y a pas d'harmonie, Paris est une ville atroce, les gens ne se rencontrent pas, ils ne s'intéressent même pas à leur travail, tout est superficiel, chacun rentre chez soi à six heures, travail fini ou pas, tout le monde s'en fout.

Elle me propose d'aller prendre un café. Évidemment, j'accepte. Distributeur automatique. Je n'ai pas de monnaie, elle me donne deux francs. Le café est immonde, mais ça ne l'arrête pas dans son élan. À Paris on peut crever sur place dans la rue, tout le monde s'en fout. Chez elle, dans le Béarn, ce n'est pas pareil. Tous les week-ends elle rentre chez elle, dans le Béarn. Et le soir elle suit des cours au CNAM, pour améliorer sa situation. Dans trois ans elle aura peut-être son diplôme d'ingénieur.

Ingénieur. Je suis ingénieur. Il faut que je dise quelque chose. D'une voix légèrement atrophiée, je m'enquiers :

« Des cours de quoi ?

– Des cours de contrôle de gestion, d'analyse factorielle, d'algorithmique, de comptabilité financière.

– Ça doit être du travail... », remarqué-je d'un ton un peu vague.

Oui, c'est du travail, mais le travail ne lui fait pas peur, à elle. Souvent le soir elle travaille jusqu'à minuit, dans son studio, pour rendre ses devoirs. De toute façon dans la vie il faut se battre pour

27

avoir quelque chose, c'est ce qu'elle a toujours pensé.

Nous remontons l'escalier vers son bureau. « Eh bien bats-toi, petite Catherine... », me dis-je avec mélancolie. Elle n'est vraiment pas très jolie. En plus des dents gâtées elle a des cheveux ternes, des petits yeux qui brillent de rage. Pas de seins ni de fesses perceptibles. Dieu n'a vraiment pas été très gentil avec elle.

Je pense que nous allons très bien nous entendre. Elle a l'air décidée à tout organiser, tout régenter, je n'aurai plus qu'à me déplacer et à donner mes cours. Ça me convient parfaitement ; je n'ai aucune envie de la contredire. Je ne pense pas qu'elle tombera amoureuse de moi ; j'ai l'impression qu'elle est hors d'état d'essayer quoi que ce soit avec un mec.

Vers onze heures, un nouveau personnage fait irruption dans le bureau. Il s'appelle Patrick Leroy et, apparemment, partage le même bureau que Catherine. Chemise hawaïenne, blue-jean serré aux fesses, et un trousseau de clefs accroché à la ceinture, qui fait du bruit quand il marche. Il est un peu crevé, nous dit-il. Il a passé la nuit dans une boîte de jazz avec un pote, ils ont réussi à « racler deux minettes ». Enfin, il est content.

Il passera le reste de la matinée à téléphoner. Il parle fort.

Au cours du troisième coup de téléphone, il abordera un sujet en soi assez triste : l'une de leurs amies communes, à lui et à la copine qu'il appelle, a été tuée dans un accident de voiture. Circonstance aggravante, la voiture était conduite par un troisième pote, qu'il appelle « le Fred ». Et le Fred, lui, est indemne.

Tout cela, en théorie, est plutôt déprimant, mais il réussira à escamoter cet aspect de la question par une sorte de vulgarité cynique, pieds sur la table et langage branché : « Elle était supersympa, Nathalie... Un vrai canon, en plus. C'est nul, c'est la dèche... T'as été à l'enterrement ? Moi, les enterrements, je crains un peu. Et pour ce que ça sert... Remarque je me disais, peut-être pour les vieux, quand même. Le Fred y a été ? Tu peux dire qu'il a un sacré cul, cet enfoiré. »

C'est avec un réel soulagement que j'accueillis l'heure du repas.

Dans l'après-midi, je devais voir le chef du service « Études informatiques ». Je ne sais vraiment pas pourquoi. Moi, en tout cas, je n'avais rien à lui dire.

J'ai attendu pendant une heure et demie dans un bureau vide, légèrement obscur. Je n'avais pas vraiment envie d'allumer, en partie par peur de signaler ma présence.

Avant de m'installer dans ce bureau, on m'avait remis un volumineux rapport intitulé « *Schéma directeur du plan informatique du ministère de l'Agriculture* ». Là non plus, je ne vois pas pourquoi. Ce document ne me concernait en rien. Il était consacré, si j'en crois l'introduction, à un « *essai de pré-définition de différents scenarii archétypaux, conçus dans une démarche cible — objectif* ». Les objectifs, eux-mêmes « *justifiables d'une analyse plus fine en termes de souhaitabilité* », étaient par exemple l'orientation de la politique d'aide aux agriculteurs, le développement d'un secteur para-agricole plus compétitif au niveau européen, le redressement de la balance commerciale dans le domaine des produits frais... Je feuilletai rapidement l'ouvrage, soulignant au crayon les phrases amusantes. Par exemple : « *Le niveau stratégique consiste en la réalisation d'un système d'informations global construit par l'intégration de sous-systèmes hétérogènes distribués.* » Ou bien : « *Il apparaît urgent de valider un modèle relationnel canonique dans une dynamique organisationnelle débouchant à moyen terme sur une* database *orientée objet.* » Enfin une secrétaire vint me prévenir que la réunion se prolongeait, et qu'il serait malheureusement impossible à son chef de me recevoir aujourd'hui.

Eh bien je suis reparti chez moi. Moi, du moment qu'on me paye, ha ha ha !...

Au métro Sèvres-Babylone, j'ai vu un graffiti étrange : « Dieu a voulu des inégalités, pas des injustices », disait l'inscription. Je me suis demandé qui était cette personne si bien informée des desseins de Dieu.

Généralement, le week-end, je ne vois personne. Je reste chez moi, je fais un peu de rangement ; je déprime gentiment.

Cependant, ce samedi, entre vingt et vingt-trois heures, un moment social a lieu. Je vais manger avec un ami prêtre dans un restaurant mexicain. Le restaurant est bon ; de ce côté-là, pas de problème. Mais mon ami est-il encore mon ami ?

Nous avons fait nos études ensemble ; nous avions vingt ans. De bien jeunes gens. Maintenant, nous en avons trente. Son diplôme d'ingénieur une fois obtenu, il est parti au séminaire ; il a bifurqué. Aujourd'hui, le voilà curé à Vitry. Ce n'est pas une paroisse facile.

Je mange une galette aux haricots rouges, et Jean-Pierre Buvet me parle de sexualité. D'après lui, l'intérêt que notre société feint d'éprouver pour l'érotisme (à travers la publicité, les magazines, les médias en général) est tout à fait factice. La plupart des gens, en réalité, sont assez vite ennuyés par le sujet ; mais ils prétendent le contraire, par une bizarre hypocrisie à l'envers.

Il en vient à sa thèse. Notre civilisation, dit-il, souffre d'épuisement vital. Au siècle de Louis XIV, où l'appétit de vivre était grand, la culture officielle mettait l'accent sur la négation des plaisirs et de la chair ; rappelait avec insistance que la vie mondaine n'offre que des joies imparfaites, que la seule vraie source de félicité est en Dieu. Un tel discours, assure-t-il, ne serait plus toléré aujourd'hui. Nous avons besoin d'aventure et d'érotisme, car nous avons besoin de nous entendre répéter que la vie est merveilleuse et excitante ; et c'est bien entendu que nous en doutons un peu.

J'ai l'impression qu'il me considère comme un symbole pertinent de cet épuisement vital. Pas de sexualité, pas d'ambition ; pas vraiment de distractions, non plus. Je ne sais que lui répondre ; j'ai l'impression que tout le monde est un peu comme ça. Je me considère comme un type normal. Enfin peut-être pas exactement, mais qui l'est exactement, hein ? Disons, normal à 80 %.

Pour dire quelque chose je fais cependant observer que de nos jours tout le monde a forcément, à un moment ou un autre de sa vie, l'impression d'être un raté. On tombe d'accord là-dessus.

La conversation s'enlise. Je chipote mon vermicelle caramélisé. Il me conseille de retrouver Dieu, ou d'entamer une psychanalyse ; je sursaute au rapprochement. Il développe, il s'intéresse à mon cas ; il a l'air de penser que je file un mauvais coton. Je suis seul, beaucoup trop seul ; cela n'est pas naturel, selon lui.

Nous prenons un alcool ; il abat ses cartes. D'après lui, Jésus est la solution ; la source de vie. D'une vie riche et vivante. « Tu dois accepter ta nature divine ! » s'exclame-t-il ; on se retourne à la table à côté. Je me sens un peu fatigué ; j'ai l'impression que nous débouchons sur une impasse. À tout hasard, je souris. Je n'ai pas beaucoup d'amis, je ne tiens pas à perdre celui-là. « Tu dois accepter ta nature divine... », répète-t-il plus doucement ; je promets que je ferai un effort. Je rajoute quelques phrases, je m'efforce de rétablir un consensus.

Ensuite un café, et chacun chez soi. Finalement, c'était une bonne soirée.

Six personnes sont maintenant réunies autour d'une table ovale assez jolie, probablement en simili-acajou. Les rideaux, d'un vert sombre, sont tirés ; on se croirait plutôt dans un petit salon. Je pressens subitement que la réunion va durer toute la matinée.

Le premier représentant du ministère de l'Agriculture a les yeux bleus. Il est jeune, a de petites lunettes rondes, il devait être étudiant il y a encore peu de temps. Malgré sa jeunesse, il donne une remarquable impression de sérieux. Toute la matinée il prendra des notes, parfois aux moments les plus inattendus. Il s'agit manifestement d'un chef, ou du moins d'un futur chef.

Le second représentant du ministère est un homme d'âge moyen, avec un collier de barbe, comme les précepteurs sévères du *Club des Cinq*. Il semble exercer un grand ascendant sur Catherine Lechardoy, qui est assise à ses côtés. C'est un théoricien. Toutes ses interventions seront autant de rappels à l'ordre concernant l'importance de la méthodologie et, plus généralement, d'une réflexion préalable à l'action. En l'occurrence je ne vois pas pourquoi : le logiciel est déjà acheté, il n'y a plus besoin de réfléchir, mais je m'abstiens de le dire. Je sens immédiatement qu'il ne m'aime pas. Comment gagner son amour ? Je décide qu'à plusieurs reprises dans la matinée j'appuierai ses interventions avec une expression d'admiration un peu bête, comme s'il venait soudain de me révéler d'étonnantes perspectives, pleines de sagesse et d'ampleur. Il devrait normalement en conclure que je suis un garçon plein de bonne volonté, prêt à m'engager sous ses ordres dans la direction juste.

Le troisième représentant du ministère est Catherine Lechardoy. La pauvre a l'air un peu triste, ce matin ; toute sa combativité de la dernière fois semble l'avoir abandonnée. Son petit visage laid est tout renfrogné, elle essuie régulièrement ses lunettes. Je me demande même si elle n'a pas pleuré ; je l'imagine très bien éclatant en sanglots, le matin au moment de s'habiller, seule.

Le quatrième représentant du ministère est une espèce de caricature du socialiste agricole : il porte des bottes et une parka, comme s'il revenait d'une expédition sur le terrain ; il a une grosse barbe et fume la pipe ; je n'aimerais pas être son fils. Devant lui sur la table il a ostensiblement posé un livre intitulé : « La fromagerie devant les techniques nouvelles. » Je n'arrive pas à comprendre ce qu'il fait là, il ne connaît manifestement rien au sujet traité ; peut-être est-il un représentant de la base. Quoi qu'il en soit il semble s'être donné pour objectif de tendre l'atmosphère et de provoquer un conflit au moyen de remarques répétitives sur « l'inutilité de ces réunions qui n'aboutissent jamais à rien », ou bien sur « ces logiciels choisis dans un bureau du ministère et qui ne correspondent jamais aux besoins réels des gars, sur le terrain ».

Face à lui il y a un type de ma boîte qui répond inlassablement à ses objections — à mon avis de manière assez maladroite — en feignant de croire que l'autre exagère volontairement, voire qu'il s'agit d'une pure plaisanterie. C'est un de mes supérieurs hiérarchiques ; je crois qu'il s'appelle Norbert Lejailly. Je ne savais pas qu'il serait là, et je ne peux pas dire que je sois ravi de sa présence. Cet homme a exactement le faciès et le comportement d'un porc. Il saisit la moindre occasion pour rire, longuement et grassement. Quand il ne rit pas il se frotte lentement les mains l'une contre l'autre. Il est replet, voire obèse, et son autosatisfaction, que rien de solide ne semble venir appuyer, m'est habituellement insupportable. Mais ce matin je me sens vraiment très bien, à deux reprises je rirai même avec lui, en écho à ses bons mots.

Au cours de la matinée un septième personnage fera des apparitions épisodiques, venant égayer l'aréopage. Il s'agit du chef du service « Études informatiques » du ministère de l'Agriculture, celui que j'ai raté l'autre jour. L'individu semble s'être donné pour mission d'incarner une exagération survoltée du personnage du patron jeune et dynamique. Dans ce domaine, il bat de plusieurs longueurs tout ce que j'ai eu l'occasion d'observer auparavant. Sa chemise est ouverte, comme s'il n'avait vraiment pas eu le temps de la boutonner, et sa cravate penchée de côté, comme pliée par le vent de la course. En effet il ne marche pas dans les couloirs, il glisse. S'il pouvait voler il le ferait. Son visage est luisant, ses cheveux en désordre et humides, comme s'il sortait directement de la piscine.

À sa première entrée il nous aperçoit, moi et mon chef ; en un éclair il est près de nous, sans que je comprenne comment ; il a dû franchir les dix mètres en moins de cinq secondes, en tout cas je n'ai pas pu suivre son déplacement.

Il pose sa main sur mon épaule et me parle d'une voix douce, disant combien il est désolé de m'avoir fait attendre pour rien, l'autre jour ; je lui fais un sourire de madone, je lui dis que ça ne fait rien, que je comprends très bien et que je sais que la rencontre, tôt ou tard, aura lieu. Je suis sincère. C'est un moment très tendre ; il est penché vers moi et vers moi seul ; on pourrait croire que nous sommes deux amants que la vie vient de réunir après une longue absence.

Dans la matinée il fera deux autres apparitions, mais à chaque fois il restera sur le pas de la porte, s'adressant uniquement au jeune type à lunettes. À chaque fois il commence par s'excuser de nous déranger, avec un sourire enchanteur ; il se tient sur le pas de la porte, accroché aux battants, en équilibre sur une jambe, comme si la tension interne qui l'anime lui interdisait l'immobilité prolongée en station debout.

De la réunion en elle-même, je ne garde que peu de souvenirs ; de toute façon rien de concret n'a été décidé, sinon dans le dernier quart d'heure, très vite, juste avant d'aller déjeuner, où l'on a mis en place un calendrier de formations pour la province. Je suis directement concerné, puisque c'est moi qui devrai me déplacer ; je prends donc note à la hâte des dates et des lieux retenus, sur un papier que d'ailleurs je perdrai le soir même.

L'ensemble me sera réexpliqué dès le lendemain, au cours d'un *briefing* avec le théoricien. J'apprends ainsi qu'un système de formation sophistiqué, à trois niveaux, a été mis en place par le ministère (donc par lui, si je comprends bien). Il s'agit de répondre au mieux aux besoins des utilisateurs, à travers un emboîtement de formations complémentaires, mais organiquement indépendantes. Tout ceci porte évidemment la marque d'un esprit subtil.

Concrètement, je serai engagé dans un périple qui me conduira d'abord à Rouen pour une durée de deux semaines, puis à Dijon pour une semaine, et enfin à La Roche-sur-Yon pour quatre jours. Je partirai le 1er décembre et je serai rentré pour Noël, afin de me permettre de « passer les fêtes en famille ». L'aspect humain n'a donc pas été oublié. C'est splendide.

J'apprends également — et c'est une surprise — que je ne serai pas seul à effectuer ces formations. Ma société a en effet décidé d'envoyer deux personnes. Nous fonctionnerons donc en tandem. Pendant vingt-cinq minutes, dans un silence angoissant, le théoricien détaille les avantages et les inconvénients de la formation en tandem. Finalement, *in extremis*, les avantages semblent l'emporter.

J'ignore complètement l'identité de la seconde personne qui est censée m'accompagner. C'est probablement quelqu'un que je connais. En toute hypothèse, personne n'a jugé bon de m'avertir.

Tirant adroitement parti d'une remarque adjacente qu'il vient d'effectuer, le théoricien fait observer qu'il est bien dommage que cette seconde personne (dont l'identité restera jusqu'au bout un mystère) ne soit pas là, et que personne n'ait jugé bon de la convoquer. Poussant son argument, il en arrive à suggérer implicitement que, dans ces conditions, ma propre présence est elle aussi inutile, ou tout du moins d'une utilité restreinte. C'est bien ce que je pense.

10

Les degrés de liberté
selon J.-Y. Fréhaut

Ensuite, je retourne au siège de ma société. On m'y fait bon accueil ; j'ai, semble-t-il, réussi à rétablir ma position dans l'entreprise.

Mon chef de service me prend à part ; il me révèle l'importance de ce contrat. Il sait que je suis un garçon solide. Il a quelques mots, d'un réalisme amer, sur le vol de ma voiture. C'est une espèce de conversation entre hommes, près du distributeur automatique de boissons chaudes. Je discerne en lui un grand professionnel de la gestion des ressources humaines ; intérieurement, j'en roucoule. Il me paraît de plus en plus beau.

Plus tard dans l'après-midi, j'assisterai au pot de départ de Jean-Yves Fréhaut. C'est un élément de valeur qui s'éloigne de l'entreprise, souligne le chef de service ; un technicien de haut mérite. Sans doute connaîtra-t-il, dans sa future carrière, des succès au moins équivalents à ceux qui ont marqué la précédente ; c'est tout le mal qu'il lui souhaite. Et qu'il repasse, quand il voudra, boire le verre de l'amitié ! Un premier emploi, conclut-il d'un ton égrillard, c'est une chose qu'on a du mal à oublier ; un peu comme un premier amour. Je me demande à cet instant si lui-même n'a pas un peu trop bu.

Brefs applaudissements. Quelques mouvements se dessinent autour de J.-Y. Fréhaut ; il tourne lentement sur lui-même, l'air satisfait. Je connais un peu ce garçon ; nous sommes arrivés en même temps dans l'entreprise, il y a trois ans ; nous partagions le même bureau. Une fois, nous avions parlé civilisation. Il disait — et en un sens il le croyait vraiment que l'augmentation du flux d'informations à l'intérieur de la société était en soi une bonne chose. Que la liberté n'était rien d'autre que la possibilité d'établir des interconnexions variées entre individus, projets, organismes, services. Le maximum de liberté coïncidait selon lui avec le maximum de choix possibles. En une métaphore empruntée à la mécanique des solides, il appelait ces choix des degrés de liberté.

Nous étions je me souviens assis près de l'unité centrale. La climatisation émettait un léger bourdonnement. Il comparait en quelque sorte la société à un cerveau, et les individus à autant de cellules cérébrales, pour lesquelles il est en effet souhaitable d'établir un maximum d'interconnexions. Mais l'analogie s'arrêtait là. Car c'était un libéral, et il n'était guère partisan de ce qui est si nécessaire dans le cerveau : un projet d'unification.

Sa propre vie, je devais l'apprendre par la suite, était extrêmement fonctionnelle. Il habitait un studio dans le 15e arrondissement. Le chauffage était compris dans les charges. Il ne faisait guère qu'y dormir, car il travaillait en fait beaucoup — et souvent, en dehors des heures de travail, il lisait *Micro-Systèmes*. Les fameux degrés de liberté se résumaient, en ce qui le concerne, à choisir son dîner par Minitel (il était abonné à ce service, nouveau à l'époque, qui assurait une livraison de plats chauds à une heure extrêmement précise, et dans un délai relativement bref).

Le soir j'aimais à le voir composer son menu, utilisant le Minitel posé sur le coin gauche de son bureau. Je le taquinais sur les messageries roses ; mais en réalité je suis persuadé qu'il était vierge.

En un sens, il était heureux. Il se sentait, à juste titre, acteur de la révolution télématique. Il ressentait réellement chaque montée en puissance du pouvoir informatique, chaque pas en avant vers la mondialisation du réseau, comme une victoire personnelle. Il votait socialiste. Et, curieusement, il adorait Gauguin.

11

Je ne devais jamais revoir Jean-Yves Fréhaut ; et, d'ailleurs, pourquoi l'aurais-je revu ? Au fond, nous n'avions pas vraiment *sympathisé*. De toute manière on se *revoit* peu, de nos jours, même dans le cas où la relation démarre dans une ambiance enthousiaste. Parfois ont lieu des conversations haletantes, traitant d'aspects généraux de la vie ; parfois aussi, une étreinte charnelle se produit. Bien sûr on échange des numéros de téléphone, mais on se rappelle en général peu. Et même quand on se rappelle, et qu'on se revoit, la désillusion et le désenchantement prennent rapidement la place de l'enthousiasme initial. Croyez-moi, je connais la vie ; tout cela est parfaitement verrouillé.

Cet effacement progressif des relations humaines n'est pas sans poser certains problèmes au roman. Comment en effet entreprendrait-on la narration de ces passions fougueuses, s'étalant sur plusieurs années, faisant parfois sentir leurs effets sur plusieurs générations ? Nous sommes loin des *Hauts de Hurlevent*, c'est le moins qu'on puisse dire. La forme romanesque n'est pas conçue pour peindre l'indifférence, ni le néant ; il faudrait inventer une articulation plus plate, plus concise et plus morne.

Si les relations humaines deviennent progressivement impossibles, c'est bien entendu en raison de cette multiplication des degrés de liberté dont Jean-Yves Fréhaut se faisait le prophète enthousiaste. Lui-même n'avait connu, j'en ai la certitude, aucune *liaison* ; son état de liberté était extrême. J'en parle sans acrimonie. C'était, je l'ai dit, un homme heureux ; ceci dit, je ne lui envie pas ce bonheur.

L'espèce des penseurs de l'informatique, à laquelle appartenait Jean-Yves Fréhaut, est moins rare qu'on pourrait le croire. Dans chaque entreprise de taille moyenne on peut en trouver un, rarement deux. En outre la plupart des gens admettent vaguement que toute relation, en particulier toute relation humaine, se *réduit* à un échange d'information (si bien entendu on inclut dans le concept d'information les messages à caractère non neutre, c'est-à-dire gratifiant ou pénalisant). Dans ces conditions, un penseur de l'informatique aura tôt fait de se transformer en penseur de l'évolution sociale. Son discours sera souvent brillant, et de ce fait convaincant ; la dimension affective pourra même y être intégrée.

Le lendemain — toujours à l'occasion d'un pot de départ, mais cette fois au ministère de l'Agriculture — j'eus l'occasion de discuter avec le théoricien, comme d'habitude flanqué de Catherine Lechardoy. Lui-même n'avait jamais rencontré Jean-Yves Fréhaut, et n'aurait pas l'occasion de le faire. Dans l'hypothèse d'une rencontre j'imagine que l'échange intellectuel aurait été courtois, mais d'un niveau élevé. Sans doute seraient-ils parvenus à un consensus sur certaines valeurs telles que la liberté, la transparence et la nécessité d'établir un système de transactions généralisées recouvrant l'ensemble des activités sociales.

L'objet de ce moment convivial était de fêter le départ à la retraite d'un petit homme d'une soixantaine d'années, aux cheveux gris, avec de grosses lunettes. Le personnel s'était cotisé pour lui offrir une canne à pêche — un modèle japonais, très performant, avec triple vitesse de moulinet et amplitude modifiable par simple pression du doigt — mais il l'ignorait encore. Il se tenait bien en vue près des bouteilles de champagne. Chacun venait lui donner une bourrade amicale, voire évoquer un souvenir commun.

Ensuite, le chef du service « Études informatiques » prit la parole. C'était une gageure redoutable, annonça-t-il d'emblée, que de résumer en quelques phrases trente années d'une carrière entièrement vouée à l'informatique agricole. Louis Lindon, rappela-t-il, avait connu les heures héroïques de l'informatisation : les cartes perforées ! les coupures de courant ! les tambours magnétiques ! À chaque exclamation il écartait vivement les bras, comme pour convier l'assistance à laisser s'élancer son imagination vers cette période révolue.

L'intéressé souriait en prenant l'air malin, il mordillait sa moustache de manière peu ragoûtante ; mais dans l'ensemble il se tenait correctement.

Louis Lindon, conclut le chef de service avec chaleur, avait marqué l'informatique agricole de son empreinte. Sans lui, le système informatique du ministère de l'Agriculture ne serait pas tout à fait ce qu'il est. Et ça, aucun de ses collègues présents et même futurs (sa voix se fit légèrement plus vibrante) ne pourrait tout à fait l'oublier.

Il y eut environ trente secondes d'applaudissements nourris. Une jeune fille choisie parmi les plus pures remit au futur retraité sa canne à pêche. Il la brandit timidement à bout de bras. Ce fut le signal de la dispersion vers le buffet. Le chef de service s'approcha de Louis Lindon et l'entraîna dans une marche lente, posant son bras sur ses épaules, afin d'échanger quelques mots plus tendres et plus personnels.

Ce fut le moment que choisit le théoricien pour me glisser que Lindon appartenait quand même à une autre génération de l'informatique. Il programmait sans réelle méthode, un peu à l'intuition ; il avait toujours eu du mal à s'adapter aux principes de l'analyse fonctionnelle ; les concepts de la méthode *Merise* étaient dans une large mesure restés pour lui lettre morte. Tous les programmes dont il était l'auteur avaient dû en fait être réécrits ; depuis deux ans on ne lui donnait plus grand-chose à faire, il était plus ou moins sur la touche. Ses qualités personnelles, ajouta-t-il avec chaleur, n'étaient nullement en cause. Simplement les choses évoluent, c'est normal.

Ayant enfoui Louis Lindon dans les brumes du passé, le théoricien put enchaîner sur son thème de prédilection : selon lui, la production et la circulation de l'information devaient connaître la même mutation qu'avaient connue la production et la circulation des denrées : le passage du stade artisanal au stade industriel. En matière de production de l'information, constatait-il avec amertume, nous étions encore loin du *zéro défaut* ; la redondance et l'imprécision faisaient bien souvent la loi. Les réseaux de distribution de l'information, insuffisamment développés, restaient marqués par l'approximation et l'anachronisme (ainsi, soulignat-il avec colère, les Telecom distribuaient encore des annuaires papier !). Dieu merci, les jeunes réclamaient des informations de plus en plus nombreuses et de plus en plus fiables ; Dieu merci, ils se montraient de plus en plus exigeants sur les temps de réponse ; mais le chemin était encore long qui mènerait à une société parfaitement informée, parfaitement transparente et communicante.

Il développa encore d'autres idées ; Catherine Lechardoy était à ses côtés. De temps en temps elle acquiesçait d'un : « Oui, ça c'est important. » Elle avait du rouge sur sa bouche et du bleu sur ses yeux. Sa jupe atteignait la moitié de ses cuisses, et ses collants étaient noirs. Je me suis dit subitement qu'elle devait acheter des culottes, peut-être même des strings ; le brouhaha dans la pièce devint légèrement plus vif. Je l'imaginai aux Galeries Lafayette, choisissant un string brésilien en dentelle écarlate ; je me sentis envahi par un mouvement de compassion douloureuse.

À ce moment, un collègue s'approcha du théoricien. Se détournant légèrement de nous, ils s'offrirent mutuellement des Panatella. Catherine Lechardoy et moi-même restâmes face à face. Un net silence s'ensuivit. Puis, découvrant une issue, elle se mit à parler de l'harmonisation des procédures de travail entre la société de services et le ministère — c'est-à-dire entre nous deux. Elle s'était encore rapprochée de moi — nos corps étaient séparés par un vide de trente centimètres, tout au plus. À un moment donné, d'un geste certainement involontaire, elle pressa légèrement entre ses doigts le revers de mon col de veste.

Je n'éprouvais aucun désir pour Catherine Lechardoy ; je n'avais nullement envie de la *troncher*. Elle me regardait en souriant, elle buvait du Crémant, elle s'efforçait d'être courageuse ; pourtant, je le savais, elle avait tellement besoin d'être *tronchée*. Ce trou qu'elle avait au bas du ventre devait lui apparaître tellement inutile. Une bite, on peut toujours la sectionner ; mais comment oublier la vacuité d'un vagin ? Sa situation me semblait désespérée, et ma cravate commençait à me serrer légèrement. Après mon troisième verre j'ai failli lui proposer de partir ensemble, d'aller baiser dans un bureau ; sur le bureau ou sur la moquette, peu importe ; je me sentais prêt à accomplir les gestes nécessaires. Mais je me suis tu ; et au fond je pense qu'elle n'aurait pas accepté ; ou bien j'aurais d'abord dû enlacer sa taille, déclarer qu'elle était belle, frôler ses lèvres dans un tendre baiser. Décidément, il n'y avait pas d'issue. Je m'excusai brièvement, et je partis vomir dans les toilettes.

À mon retour le théoricien était à ses côtés, et elle l'écoutait avec docilité. En somme, elle avait réussi à reprendre le contrôle ; c'était peut-être mieux, pour elle.

12

Ce pot de départ à la retraite devait constituer le dérisoire apogée de mes relations avec le ministère de l'Agriculture. J'avais recueilli tous les renseignements nécessaires pour préparer mes cours ; nous n'aurions plus guère à nous revoir ; il me restait une semaine avant de partir à Rouen.

Triste semaine. Nous étions fin novembre, période dont on s'accorde généralement à reconnaître la tristesse. Il me paraissait normal que, faute d'événements plus tangibles, les variations climatiques en viennent à prendre une certaine place dans ma vie ; d'ailleurs, à ce qu'on dit, les vieillards n'arrivent même plus à parler d'autre chose.

J'ai si peu vécu que j'ai tendance à m'imaginer que je ne vais pas mourir ; il paraît invraisemblable qu'une vie humaine se réduise à si peu de chose ; on s'imagine malgré soi que quelque chose va, tôt ou tard, advenir. Profonde erreur. Une vie peut fort bien être à la fois vide et brève. Les journées s'écoulent pauvrement, sans laisser de trace ni de souvenir ; et puis, d'un seul coup, elles s'arrêtent.

Parfois aussi, j'ai eu l'impression que je parviendrais à m'installer durablement dans une vie absente. Que l'ennui, relativement indolore, me permettrait de continuer à accomplir les gestes usuels de la vie. Nouvelle erreur. L'ennui prolongé n'est pas une position tenable : il se transforme tôt ou tard en perceptions nettement plus douloureuses, d'une douleur positive ; c'est exactement ce qui est en train de m'arriver.

Peut-être, me dis-je, ce déplacement en province va-t-il me *changer les idées* ; sans doute dans un sens négatif, mais il va me *changer les idées* ; il y aura au moins un infléchissement, un soubresaut.

DEUXIÈME PARTIE

1

Aux approches de la passe de Bab-el-Mandel, sous la surface équivoque et immuable de la mer, se dissimulent de grands récifs de corail, irrégulièrement espacés, qui représentent pour la navigation un danger réel. Ils ne sont guère perceptibles que par un affleurement rougeâtre, une teinte légèrement différente de l'eau. Et si le voyageur éphémère veut bien rappeler à sa mémoire l'extraordinaire densité de la population de requins qui caractérise cette portion de la mer Rouge (on atteint, si mes souvenirs sont exacts, près de deux mille requins au kilomètre carré), alors on comprendra qu'il éprouve un léger frisson, malgré la chaleur écrasante et presque irréelle qui fait vibrer l'air ambiant d'un bouillonnement visqueux, aux approches de la passe de Bab-el-Mandel.

Heureusement, par une singulière compensation du ciel, le temps est toujours beau, excessivement beau, et l'horizon ne se départ jamais de cet éclat surchauffé et blanc que l'on peut également observer dans les usines sidérurgiques, à la troisième phase du traitement du minerai de fer (je veux parler de ce moment où s'épanouit, comme suspendue dans l'atmosphère et bizarrement consubstantielle de sa nature intrinsèque, la coulée nouvellement formée d'acier liquide). C'est pourquoi la plupart des pilotes franchissent cet obstacle sans encombre, et bientôt ils cinglent en silence dans les eaux calmes, iridescentes et moites du golfe d'Aden.

Parfois, cependant, de telles choses adviennent, et se manifestent en vérité. Nous sommes lundi matin, le 1er décembre ; il fait froid et j'attends Tisserand près du panneau de départ du train pour Rouen ; nous sommes gare Saint-Lazare ; j'ai de plus en plus froid et j'en ai de plus en plus marre. Tisserand arrive à la dernière minute ; nous allons avoir du mal à trouver des places. À moins qu'il n'ait pris un billet de première pour lui ; ce serait bien son genre.

Je pouvais former un *tandem* avec quatre ou cinq personnes de mon entreprise, et c'est tombé sur Tisserand. Je ne m'en réjouis pas outre mesure. Lui, par contre, s'en déclare ravi. « Toi et moi, nous formons une équipe super... » déclare-t-il d'emblée, « je sens que ça va coller impeccable... » (il esquisse avec ses mains une sorte de mouvement rotatif, comme pour symboliser notre future entente).

Je connais déjà ce garçon ; nous avons plusieurs fois bavardé autour du distributeur de boissons chaudes. Généralement, il racontait des *histoires de cul* ; je sens que ce déplacement en province va être sinistre.

Plus tard, le train roule. Nous nous installons au milieu d'un groupe d'étudiants bavards qui semblent appartenir à une école de commerce. Je me mets près de la fenêtre afin d'échapper, dans une faible mesure, au bruit ambiant. Tisserand sort de son attaché-case différentes brochures en couleurs portant sur des logiciels de comptabilité ; ceci n'a rien à voir avec la formation que nous allons donner. Je hasarde la remarque. Il interjette vaguement : « Ah oui, Sycomore, c'est sympa aussi... », puis reprend son monologue. J'ai l'impression que, pour les aspects techniques, il compte sur moi à cent pour cent.

Il porte un splendide costume aux motifs rouges, jaunes et verts — on dirait un peu une tapisserie du Moyen Âge. Il a aussi une pochette qui dépasse de sa veste, plutôt dans le style « voyage sur la planète Mars », et une cravate assortie. Tout son habillement évoque le personnage du cadre commercial hyper-dynamique, ne manquant pas d'humour. Quant à moi je suis vêtu d'une parka matelassée et d'un gros pull style « week-end aux Hébrides ». J'imagine que dans le jeu de rôles qui est en train de se mettre en place je représenterai l'« homme système », le technicien compétent mais un peu bourru, n'ayant pas le temps de s'occuper de son habillement, et foncièrement incapable de dialoguer avec l'utilisateur. Ça me convient parfaitement. Il a raison, nous formons une bonne équipe.

En sortant toutes ses brochures je me demande s'il n'essaie pas d'éveiller l'attention de la jeune fille assise à sa gauche — une étudiante de l'école de commerce, fort jolie ma foi. Son discours ne me serait donc que superficiellement destiné. Je m'en autorise à jeter quelques regards sur le paysage. Le jour commence à se lever. Le soleil apparaît, rouge sang, terriblement rouge sur l'herbe d'un vert sombre, sur les étangs brumeux. De petites agglomérations fument au loin dans la vallée. Le spectacle est magnifique, un peu effrayant. Tisserand ne s'y intéresse pas. Par contre, il essaie d'accrocher le regard de l'étudiante sur sa gauche. Le problème de Raphaël Tisserand — le fondement de sa personnalité, en fait — c'est qu'il est très laid. Tellement laid que son aspect rebute les femmes, et qu'il ne réussit pas à coucher avec elles. Il essaie pourtant, il essaie de toutes ses forces, mais ça ne marche pas. Simplement, elles ne veulent pas de lui.

Son corps est pourtant proche de la normale : de type vaguement méditerranéen, il est certes un peu gras ; « courtaud », comme on dit ; en outre, sa calvitie semble en évolution rapide. Bon, tout cela pourrait encore s'arranger ; mais ce qui ne va pas du tout, c'est son visage. Il a exactement le faciès d'un crapaud-buffle — des traits épais, grossiers, larges, déformés, le contraire exact de la beauté. Sa peau luisante, acnéique, semble constamment exsuder une humeur grasse. Il porte des lunettes à double foyer, car en plus il est très myope mais s'il avait des verres de contact ça n'arrangerait rien, j'en ai peur. Qui plus est, sa conversation manque de finesse, de fantaisie, d'humour ; il n'a absolument aucun *charme* (le charme est une qualité qui peut parfois remplacer la beauté — au moins chez les hommes ; d'ailleurs on dit souvent : « Il a beaucoup de charme », ou : « Le plus important, c'est le charme » ; c'est ce qu'on dit). Dans ces conditions, il est bien sûr terriblement frustré ; mais qu'est-ce que je peux y faire ? Alors je regarde le paysage.

Plus tard, il engage la conversation avec l'étudiante. Nous longeons la Seine, écarlate, complètement noyée dans les rayons du soleil levant — on croirait vraiment que le fleuve charrie du sang.

Vers neuf heures, nous arrivons à Rouen. L'étudiante fait ses adieux à Tisserand bien entendu, elle refuse de lui communiquer son numéro de téléphone. Pendant quelques minutes, il va ressentir un certain abattement ; il va falloir que je m'occupe de chercher un bus.

Le bâtiment de la Direction départementale de l'agriculture est sinistre, et nous sommes en retard. Ici, le travail commence à huit heures — c'est, l'apprendrai-je, souvent le cas en province. La formation démarre aussitôt. Tisserand prend la parole ; il se présente, me présente, présente notre société. Ensuite j'imagine qu'il va présenter l'informatique, les logiciels intégrés, leurs avantages. Il pourrait aussi présenter le cours, la méthode de travail que nous allons suivre, beaucoup de choses. Tout cela devrait nous amener sans problème autour de midi, surtout s'il y a une bonne vieille pause-café. J'enlève ma parka, je pose quelques papiers autour de moi.

L'assistance est composée d'une quinzaine de personnes ; il y a des secrétaires et des cadres moyens, des techniciens j'imagine — ils ont l'allure de techniciens. Ils n'ont pas l'air très méchants, ni très intéressés par l'informatique — et pourtant, me dis-je en moi-même, l'informatique va changer leurs vies.

Je repère tout de suite d'où viendra le danger : c'est un très jeune type à lunettes, long, mince et souple. Il s'est installé au fond, comme pour pouvoir surveiller tout le monde ; en moi-même je l'appelle « le Serpent », mais en réalité il se présentera à nous, dès la pause-café, sous le nom de Schnäbele. C'est le futur chef du service informatique en voie de création, et il en a l'air très satisfait. Assis à côté de lui il y a un type d'une cinquantaine d'années, assez baraqué, l'air mauvais, avec un collier de barbe rousse. Ça doit être un ancien adjudant, quelque chose de ce genre. Il a un œil fixe —

Indochine, je suppose — qu'il maintiendra long-temps braqué sur moi, comme pour me sommer de m'expliquer sur les raisons de ma présence. Il semble dévoué corps et âme au serpent, son chef. Lui-même évoquerait plutôt un dogue — ce genre de chiens qui ne relâchent jamais leur morsure, en tout cas.

Très vite le Serpent posera des questions ayant pour objectif de déstabiliser Tisserand, de le mettre en situation d'incompétence. Tisserand est incompétent, c'est un fait, mais il en a vu d'autres. C'est un professionnel. Il n'aura aucun mal à parer les différentes attaques, tantôt éludant avec grâce, tantôt promettant d'y revenir en un point ultérieur du cours. Parfois même il réussira à suggérer que la question aurait certes pu avoir un sens à des époques antérieures du développement de l'informatique, mais qu'elle était maintenant devenue sans objet.

À midi, nous sommes interrompus par une sonnerie stridente et désagréable. Schnäbele ondule vers nous : « On mange ensemble ?... » C'est pratiquement sans réplique.

Il nous déclare qu'il a quelques petites choses à faire avant le repas, il s'en excuse. Mais nous pouvons venir avec lui, comme ça il nous fera « visiter la maison ». Il nous entraîne dans les couloirs ; son acolyte nous suit, deux pas derrière. Tisserand réussit à me glisser qu'il aurait « préféré manger avec les deux minettes du troisième rang ». Il a donc déjà repéré des proies féminines dans l'assistance ; c'était presque inévitable, mais j'en suis un peu inquiet, malgré tout.

Nous pénétrons dans le bureau de Schnäbele. L'acolyte reste figé sur le pas de la porte, dans une attitude d'attente ; il monte la garde, en quelque sorte. La pièce est vaste, même très vaste pour un si jeune cadre, et je pense d'abord que c'est uniquement pour nous le démontrer qu'il nous a emmenés ici, car il ne fait rien — il se contente de tapoter nerveusement sur son téléphone. Je m'effondre sur un fauteuil devant le bureau, aussitôt imité par Tisserand. L'autre imbécile concède : « Mais oui, asseyez-vous... » À la même seconde, une secrétaire apparaît par une porte latérale. Elle s'approche du bureau avec respect. C'est une femme assez âgée, avec des lunettes. De ses deux mains ouvertes, elle tient un parapheur. Voilà enfin, me dis-je, la raison de toute cette mise en scène.

Schnäbele joue son rôle de manière impressionnante. Avant de signer le premier document il le parcourt longuement, avec gravité. Il signale une tournure « un peu malheureuse au niveau de la syntaxe ». La secrétaire, confondue : « Je peux le refaire, Monsieur... » ; et lui de répondre, grand seigneur : « Mais non, ça ira très bien. »

Le fastidieux cérémonial se reproduit pour un second document, puis pour un troisième. Je commence à avoir faim. Je me lève pour examiner les photos accrochées au mur. Ce sont des photos d'amateur, tirées et encadrées avec soin. Elles semblent représenter des geysers, des concrétions de glace, toutes choses de ce genre. J'imagine qu'il les a tirées lui-même après ses vacances en Islande — un circuit Nouvelles Frontières, probablement. Mais il a tout trafiqué avec des solarisations, des effets de filtre en étoile, je ne sais quoi encore, si bien qu'on ne reconnaît pratiquement rien, et que l'ensemble est assez laid.

Voyant mon intérêt, il s'approche et déclare :
« C'est l'Islande... C'est assez chouette, je trouve.
– Ah... », réponds-je.

Enfin, nous allons manger. Schnäbele nous précède dans les couloirs, commentant l'organisation des bureaux et la « répartition des espaces », tout à fait comme s'il venait de faire l'acquisition de l'ensemble. De temps en temps, au moment d'effectuer un virage à angle droit, il m'entoure les épaules de son bras sans toutefois, heureusement, me toucher. Il marche vite, et Tisserand, avec ses petites jambes, a un peu de mal à suivre je l'entends haleter à mes côtés. Deux pas derrière nous l'acolyte ferme la marche, comme pour prévenir une éventuelle attaque surprise.

Le repas sera interminable. Au début tout va bien, Schnäbele parle de lui. Il nous informe à nouveau qu'à vingt-cinq ans il est déjà chef de service informatique, ou du moins en voie de l'être dans un avenir immédiat. Trois fois entre les hors-d'œuvre et le plat principal il nous rappellera son âge : vingt-cinq ans.

Ensuite il veut connaître notre « formation », probablement pour s'assurer qu'elle est inférieure à la sienne (lui-même est un IGREF, et il a l'air d'en être fier ; je ne sais pas ce que c'est, mais j'apprendrai par la suite que les IGREF sont une variété particulière de hauts fonctionnaires, qu'on ne rencontre que dans les organismes dépendant du ministère de l'Agriculture — un peu comme les énarques, mais moins bien tout de même). Tisserand, à cet égard, lui donne toute satisfaction : il prétend avoir fait l'École Supérieure de Commerce de Bastia, ou quelque chose du même genre, à la limite de la crédibilité. Je mastique mon entrecôte béarnaise, feignant de ne pas avoir entendu la question. L'adjudant me regarde de son œil fixe, je me demande un instant s'il ne va pas se mettre à gueuler : « Répondez quand on vous interroge ! » ; je tourne carrément la tête dans une autre direction. Finalement, Tisserand répond à ma place : il me présente comme un « ingénieur système ». Afin d'accréditer l'idée je prononce quelques phrases sur les normes scandinaves et la commutation de réseaux ; Schnäbele, sur la défensive, se replie sur sa chaise ; je vais me chercher une crème caramel.

L'après-midi sera consacré à des travaux pratiques sur l'ordinateur. C'est là que j'interviens : pendant que Tisserand continue ses explications je passe entre les groupes pour vérifier que tout le monde arrive à suivre, à effectuer les exercices proposés. Je m'en tire assez bien ; mais après tout c'est mon métier.

Je suis assez souvent sollicité par les deux minettes ; ce sont des secrétaires, et apparemment c'est la première fois qu'elles se trouvent en face d'une console d'ordinateur. Elles sont donc un peu paniquées, à juste titre d'ailleurs. Mais à chaque fois que je m'approche d'elles Tisserand intervient, sans hésiter à interrompre son explication. C'est surtout l'une des deux qui l'attire, j'ai l'impression ; il est vrai qu'elle est ravissante, pulpeuse, très sexy ; elle porte un bustier en dentelle noire et ses seins bougent doucement sous l'étoffe. Hélas, chaque fois qu'il s'approche de la pauvre petite secrétaire, le visage de celle-ci se crispe dans une expression de répulsion involontaire, on pourrait presque dire de dégoût. C'est vraiment une fatalité.

À dix-sept heures, une nouvelle sonnerie retentit. Les élèves rassemblent leurs affaires, se préparent à partir ; mais Schnäbele s'approche de nous : le venimeux personnage a, semble-t-il, encore une carte à jouer. Il tente d'abord de m'isoler par une remarque préliminaire : « C'est une question, je pense, qui s'adresse plutôt à un homme système comme vous... » ; puis il m'expose son affaire : doit-il ou non acheter un onduleur pour stabiliser la tension d'arrivée du courant alimentant le serveur réseau ? On lui a affirmé, à ce sujet, des choses contradictoires. Je n'en sais absolument rien, et je m'apprête à le lui dire. Mais Tisserand, décidément en grande forme, me prend de vitesse : une étude vient de paraître sur le sujet, affirme-t-il avec audace ; la conclusion est nette : à partir d'un certain palier de travail-machine l'onduleur est rentabilisé rapidement, en toute hypothèse en moins de trois ans. Malheureusement il n'a pas l'étude sur lui, ni même ses références ; mais il promet de lui adresser une photocopie, dès son retour à Paris.

Bien joué. Schnäbele se retire, complètement battu ; il va même jusqu'à nous souhaiter une bonne soirée.

La soirée, dans un premier temps, va consister à chercher un hôtel. À l'initiative de Tisserand, nous nous installons aux *Armes cauchoises*. Bel hôtel, très bel hôtel ; mais après tout nos frais de déplacement sont remboursés, n'est-ce pas ?

Ensuite, il veut prendre un apéro. Mais comment donc !...

Dans le café, il choisit une table non loin de deux filles. Il s'assoit, les filles s'en vont. Décidément, le plan est parfaitement synchronisé. Bravo les filles, bravo !

En désespoir de cause, il commande un Martini dry ; je me contente d'une bière. Je me sens un peu nerveux ; je n'arrête pas de fumer, j'allume littéralement cigarette sur cigarette.

Il m'annonce qu'il vient de s'inscrire dans un club de gym pour perdre un peu de poids, « et aussi pour draguer, bien sûr ». C'est parfait, je n'ai aucune objection.

Je me rends compte que je fume de plus en plus ; je dois en être au moins à quatre paquets par jour. Fumer des cigarettes, c'est devenu la seule part de véritable liberté dans mon existence. La seule action à laquelle j'adhère pleinement, de tout mon être. Mon seul projet.

Tisserand aborde ensuite un thème qui lui est cher, à savoir que « nous autres, informaticiens, nous sommes les rois ». Je suppose qu'il entend par là un salaire élevé, une certaine considération professionnelle, une grande facilité pour changer d'emploi. Eh bien, dans ces limites, il n'a pas tort. Nous sommes les rois.

Il développe sa pensée ; j'entame mon cinquième paquet de Camel. Peu après, il termine son Martini ; il veut retourner à l'hôtel pour se changer avant le dîner. Eh bien c'est parfait, allons-y.

Je l'attends dans le hall en regardant la télévision. Il y est question de manifestations étudiantes. L'une d'entre elles, à Paris, a revêtu une grande ampleur : selon les journalistes il y avait au moins trois cent mille personnes dans les rues. C'était censé être une manifestation pacifique, plutôt une grande fête. Et comme toutes les manifestations pacifiques elle a mal tourné, il y a eu un étudiant qui a eu l'œil crevé, un CRS la main arrachée, etc.

Le lendemain de cette manifestation géante, un défilé a eu lieu à Paris pour protester contre les « brutalités policières » ; il s'est déroulé dans une atmosphère « d'une dignité bouleversante », rapporte le commentateur, qui est manifestement du côté des étudiants. Toute cette dignité me fatigue un peu ; je change de chaîne, et je tombe sur un clip sexy. Finalement, j'éteins.

Tisserand revient ; il a revêtu une espèce de jogging de soirée, noir et or, qui lui donne un peu l'allure d'un scarabée. Eh bien, allons-y.

Pour le restaurant, à mon instigation, nous allons au Flunch. C'est un endroit où l'on peut manger des frites avec une quantité illimitée de mayonnaise (il suffit de puiser la mayonnaise dans un grand seau, à volonté) ; je me contenterai d'ailleurs d'une assiette de frites noyées dans la mayonnaise, et d'une bière. Tisserand, lui, commande sans hésiter un couscous royal et une bouteille de Sidi Brahim. Au bout du deuxième verre de vin il recommence à jeter des regards aux serveuses, aux clientes, à n'importe qui. Pauvre garçon. Pauvre, pauvre garçon. Je sais bien au fond pourquoi il apprécie tellement ma compagnie : c'est parce que moi je ne parle jamais de mes petites copines, je ne fais jamais étalage de mes succès féminins. Il se sent donc fondé à supposer (d'ailleurs à juste titre) que pour une raison ou une autre je n'ai pas de vie sexuelle ; et pour lui c'est une souffrance de moins, un léger apaisement dans son calvaire. Je me souviens d'avoir assisté à une scène pénible, le jour où Tisserand avait été présenté à Thomassen, qui venait d'entrer dans notre boîte. Thomassen est d'origine suédoise ; il est très grand (légèrement plus de deux mètres, je crois), admirablement bien proportionné, et son visage est d'une beauté extraordinaire, solaire, radieuse ; on a vraiment l'impression d'être en face d'un surhomme, d'un demi-dieu.

Thomassen m'a d'abord serré la main, puis il est allé vers Tisserand. Tisserand s'est levé et s'est rendu compte que, debout, l'autre le dépassait de quarante bons centimètres. Il s'est rassis brutalement, son visage est devenu écarlate, j'ai bien cru qu'il allait lui sauter à la gorge ; c'était affreux à voir.

Plus tard j'ai effectué plusieurs déplacements en province avec Thomassen pour des formations, toujours dans le même style. Nous nous sommes très bien entendus. Je l'ai plusieurs fois remarqué, les gens d'une beauté exceptionnelle sont souvent modestes, gentils, affables, prévenants. Ils ont beaucoup de mal à se faire des amis, au moins parmi les hommes. Ils sont obligés de faire des efforts constants pour essayer de faire oublier leur supériorité, ne serait-ce qu'un peu.

Tisserand, Dieu merci, n'a jamais été amené à effectuer de déplacement avec Thomassen. Mais à chaque fois qu'un cycle de formations se prépare je sais qu'il y pense, et qu'il passe de bien mauvaises nuits.

Après le repas, il veut aller prendre un pot dans un « café sympa ». À merveille.

Je lui emboîte le pas, et je dois reconnaître que cette fois son choix s'avère excellent : nous entrons dans une espèce de grande cave voûtée avec des poutres anciennes, manifestement authentiques. Un peu partout sont disposées de petites tables en bois, éclairées par des bougies. Un feu brûle dans une cheminée immense, tout au fond. L'ensemble crée une ambiance d'improvisation heureuse, de désordre sympathique.

Nous nous asseyons. Il commande un bourbon à l'eau, je m'en tiens à la bière. Je regarde autour de moi et je me dis que cette fois ça y est, c'est peut-être le bout de la route pour mon infortuné compagnon. Nous sommes dans un café d'étudiants, tout le monde est gai, tout le monde a envie de s'amuser. Il y a plusieurs tables avec deux ou trois filles, il y a même quelques filles seules au bar.

Je regarde Tisserand en prenant mon air le plus engageant. Au café, les garçons et les filles se touchent. Les femmes ramènent leurs cheveux sur l'arrière de la tête, d'une main gracieuse. Elles croisent les jambes, elles attendent l'occasion de pouffer de rire. Enfin, elles s'amusent. C'est maintenant qu'il faut draguer, c'est là, à ce moment précis, dans cet endroit qui s'y prête admirablement.

Il lève les yeux de son verre et pose son regard sur moi, derrière ses lunettes. Et je m'aperçois qu'il n'a plus la force. Il ne peut plus, il n'a plus le courage d'essayer, il en a complètement marre. Il me regarde, son visage tremble un peu. C'est sans doute l'alcool, il a bu trop de vin au repas, l'imbécile. Je me demande s'il ne va pas éclater en sanglots, me raconter les étapes de son calvaire ; je le sens prêt à quelque chose de ce genre ; les verres de ses lunettes sont légèrement embués de larmes.

Cela ne fait rien, je suis prêt à assumer, à tout écouter, à le porter jusqu'à l'hôtel s'il le faut ; mais je sais bien que demain matin il m'en voudra.

Je me tais ; j'attends sans rien dire ; je ne vois aucune parole sensée à prononcer. L'incertitude persiste une bonne minute, puis la crise passe. D'une voix étrangement faible, presque chevrotante, il me dit : « Il vaudrait mieux rentrer. On commence tôt demain. »

D'accord, on rentre. On finit nos verres et on rentre. J'allume une dernière cigarette, je regarde Tisserand à nouveau. Il est vraiment complètement hagard. Sans un mot il me laisse payer les consommations, sans un mot il me suit lorsque je me dirige vers la porte. Il est voûté, tassé ; il a honte de lui-même, il se méprise, il a envie d'être mort.

Nous marchons vers l'hôtel. Dans les rues, il commence à pleuvoir. Voilà, notre première journée à Rouen est terminée. Et je sais, avec la certitude de l'évidence, que les journées à venir seront rigoureusement identiques.

2

Chaque jour
est un nouveau jour

Assisté à la mort d'un type, aujourd'hui, aux Nouvelles Galeries. Mort très simple, à la Patricia Highsmith (je veux dire, avec cette simplicité et cette brutalité caractéristiques de la vie réelle, que l'on retrouve également dans les romans de Patricia Highsmith).

Voici comment les choses se sont passées. En pénétrant dans la partie du magasin aménagée en libre-service, j'aperçus un homme allongé sur le sol, dont je ne pouvais distinguer le visage (mais j'appris par la suite, en écoutant une conversation entre caissières, qu'il devait avoir environ quarante ans). Plusieurs personnes étaient déjà affairées autour de lui. Je passai en essayant de ne pas trop m'arrêter, pour ne pas manifester de curiosité morbide. Il était environ dix-huit heures.

J'achetai peu de choses : du fromage et du pain en tranches, pour manger dans ma chambre d'hôtel (ce soir-là j'avais décidé d'éviter la compagnie de Tisserand, pour me reposer un peu). Mais j'hésitai quelque temps entre les bouteilles de vin, très diverses, offertes à la convoitise du public. L'ennui c'est que je n'avais pas de tire-bouchon. Par ailleurs, je n'aime pas le vin ; ce dernier argument finit par l'emporter, et je me rabattis sur un pack de Tuborg.

En arrivant à la caisse j'appris que l'homme était mort, par une conversation entre les caissières et un couple qui avait assisté aux opérations de sauvetage, du moins dans leur phase terminale. La femme du couple était infirmière. Elle pensait qu'il aurait fallu lui faire un massage cardiaque, que ça l'aurait peut-être sauvé. Je ne sais pas, je n'y connais rien, mais si c'est ça, pourquoi est-ce qu'elle ne l'a pas fait ? Je n'arrive pas à comprendre ce genre d'attitude.

En tout cas, la conclusion que j'en tire, c'est qu'on peut très facilement passer de vie à trépas — ou bien ne pas le faire — dans certaines circonstances.

On ne peut pas dire que ç'ait été une mort très digne, avec tous ces gens qui passaient, qui poussaient leurs caddies (on était à l'heure de plus grande affluence), dans cette ambiance de cirque qui caractérise toujours les supermarchés. Je me souviens, il y avait même la chanson publicitaire des Nouvelles Galeries (peut-être l'ont-ils changée depuis) ; le refrain, en particulier, se composait des paroles suivantes : « *Nouvelles Galeries, aujourd'huiii... Chaque jour est un nouveau jour...* »

Quand je suis ressorti, l'homme était toujours là. On avait enveloppé le corps dans des tapis, ou plus probablement des couvertures épaisses, ficelées très serré. Déjà ce n'était plus un homme mais un colis, pesant et inerte, on prenait des dispositions pour son transport.

Et voilà le travail. Il était dix-huit heures vingt.

3

Le jeu de la place
du Vieux Marché

Un peu absurdement, j'ai décidé de rester à Rouen ce week-end. Tisserand s'en est étonné ; je lui ai expliqué que j'avais envie de visiter la ville, et que je n'avais rien à faire à Paris. Je n'ai pas vraiment envie de visiter la ville.

Pourtant il y a de très beaux vestiges moyenâgeux, des maisons anciennes d'un charme réel. Il y a cinq ou six siècles, Rouen a dû être une des plus belles villes de France ; mais maintenant tout est foutu. Tout est sale, crasseux, mal entretenu, gâché par la présence permanente des voitures, le bruit, la pollution. Je ne sais pas qui est le maire, mais il suffit de dix minutes de marche dans les rues de la vieille ville pour s'apercevoir qu'il est complètement incompétent, ou corrompu.

Pour ne rien arranger il y a des dizaines de loubards qui sillonnent les rues en moto ou en mobylette, échappement libre. Ils descendent de la banlieue rouennaise, qui est en voie d'effondrement industriel complet. Leur objectif est d'émettre un bruit strident, le plus désagréable possible, un bruit qui soit vraiment difficile à supporter pour les riverains. Ils y réussissent parfaitement.

Vers quatorze heures, je sors de mon hôtel. Sans hésiter, je me dirige vers la place du Vieux Marché.

C'est une place assez vaste, entièrement entourée de cafés, de restaurants et de magasins de luxe. C'est là qu'on a brûlé Jeanne d'Arc, il y a maintenant plus de cinq cents ans. Pour commémorer l'événement on a construit une espèce d'entassement de dalles de béton bizarrement incurvées, à moitié enfoncées dans le sol, qui s'avère à plus ample examen être une église. Il y a également des embryons de pelouse, des massifs floraux, et des plans inclinés qui semblent destinés aux amateurs de skateboard — à moins que ce ne soit aux voitures de mutilés, c'est difficile à dire. Mais la complexité de l'endroit ne s'arrête pas là : il y a aussi des magasins au centre de la place, sous une sorte de rotonde en béton, ainsi qu'un bâtiment qui ressemble à un arrêt de cars.

Je m'installe sur une des dalles de béton, bien décidé à tirer les choses au clair. Il apparaît sans doute possible que cette place est le cœur, le noyau central de la ville. Quel jeu se joue ici exactement ?

J'observe d'abord que les gens se déplacent généralement par bandes, ou par petits groupes de deux à six individus. Pas un groupe ne m'apparaît exactement semblable à l'autre. Évidemment ils se ressemblent, ils se ressemblent énormément, mais cette ressemblance ne saurait s'appeler identité. Comme s'ils avaient choisi de concrétiser l'antagonisme qui accompagne nécessairement toute espèce d'individuation en adoptant des tenues, des modes de déplacement, des formules de regroupement légèrement différentes.

J'observe ensuite que tous ces gens semblent satisfaits d'eux-mêmes et de l'univers ; c'est étonnant, voire un peu effrayant. Ils déambulent sobrement, arborant qui un sourire narquois, qui un air abruti. Certains parmi les plus jeunes sont vêtus de blousons aux motifs empruntés au hard-rock le plus sauvage ; on peut y lire des phrases telles que : « *Kill them all !* », ou « *Fuck and destroy !* » ; mais tous communient dans la certitude de passer un agréable après-midi, essentiellement dévolu à la consommation, et par là même de contribuer au raffermissement de leur être.

J'observe enfin que je me sens différent d'eux, sans pour autant pouvoir préciser la nature de cette différence.

Je finis par me lasser de cette observation sans issue, et je me réfugie dans un café. Nouvelle erreur. Entre les tables circule un dogue allemand énorme, encore plus monstrueux que la plupart de ceux de sa race. Devant chaque client il s'arrête, comme pour se demander s'il peut ou non se permettre de le mordre.

À deux mètres de moi une jeune fille est attablée devant une grande tasse de chocolat mousseux. L'animal s'arrête longuement devant elle, il flaire la tasse de son museau, comme s'il allait soudain laper le contenu d'un grand coup de langue. Je sens qu'elle commence à avoir peur. Je me lève, j'ai envie d'intervenir, je hais ce genre de bêtes. Mais finalement le chien repart.

Ensuite, j'ai flâné dans de petites rues. Tout à fait par hasard, je suis entré dans l'aître Saint-Maclou : une grande cour carrée, magnifique, entièrement entourée de sculptures gothiques en bois sombre.

Un peu plus loin j'ai vu un mariage, la sortie de l'église. Un mariage très ancien style : costume gris-bleu, robe blanche et fleurs d'oranger, petites demoiselles d'honneur... J'étais assis sur un banc, pas très loin des marches de l'église.

Les mariés étaient assez âgés. Un gros type un

peu rougeaud, qui avait l'air d'un paysan riche ; une femme un peu plus grande que lui, au visage anguleux, avec des lunettes. Tout cela donnait, je dois malheureusement le signaler, une légère impression de ridicule. Quelques jeunes, en passant, se foutaient de la gueule des mariés. Évidemment.

Pendant quelques minutes j'ai pu observer tout cela de manière strictement objective. Et puis une sensation déplaisante a commencé de m'envahir. Je me suis levé et je suis parti rapidement.

Deux heures plus tard, la nuit tombée, je suis ressorti de mon hôtel. J'ai mangé une pizza, debout, seul, dans un établissement désert — et qui méritait de le rester. La pâte de la pizza était infecte. Le décor était constitué de carreaux de mosaïque blanche et de lampadaires en acier gris on se serait cru dans un bloc opératoire.

Puis je suis allé voir un film porno, dans le cinéma rouennais spécialisé dans ce genre de choses. La salle était à moitié pleine, ce qui n'est déjà pas si mal. Surtout des retraités et des immigrés, bien sûr ; cependant, il y avait quelques couples.

Au bout d'un certain temps j'ai constaté avec surprise que les gens changeaient souvent de place, sans raison apparente. Voulant comprendre les raisons de ce manège je me suis déplacé aussi, en même temps qu'un autre type. En fait c'est très simple : chaque fois qu'un couple arrive il se voit entouré par deux ou trois hommes, qui s'installent à quelques sièges de distance et commencent aussitôt à se masturber. Leur espoir, je pense, est que la femme du couple jette un regard sur leur sexe.

Je suis resté à peu près une heure dans ce cinéma, puis j'ai retraversé Rouen pour aller à la gare. Quelques mendiants traînaient, vaguement menaçants, dans le hall ; je n'en ai tenu aucun compte, et j'ai pris note des horaires pour Paris.

Le lendemain je me suis levé tôt, je suis arrivé à l'heure pour le premier train ; j'ai acheté un billet, j'ai attendu, et je ne suis pas parti ; et je n'arrive pas à comprendre pourquoi. Tout cela est extrêmement déplaisant.

4

C'est le lendemain soir que je suis tombé malade. Après le dîner, Tisserand a voulu aller en boîte ; j'ai décliné l'invitation. Mon épaule gauche me faisait souffrir, et j'étais parcouru de frissons. De retour à l'hôtel j'ai essayé de dormir, mais ça n'allait pas ; une fois allongé, je n'arrivais plus à respirer. Je me suis rassis ; le papier peint était décourageant.

Au bout d'une heure j'ai commencé à éprouver des difficultés à respirer, même assis. Je me suis dirigé vers le lavabo. Mon teint était cadavérique ; la douleur avait entamé un lent déplacement de l'épaule vers le cœur. C'est alors que je me suis dit que mon état était peut-être grave ; j'avais nettement abusé des cigarettes, ces derniers temps.

Pendant environ vingt minutes je suis resté appuyé contre le lavabo, ressentant la montée progressive de la souffrance. Cela m'ennuyait beaucoup de ressortir, d'aller à l'hôpital, tout ça.

Vers une heure du matin j'ai claqué la porte et je suis sorti. Maintenant, la douleur était franchement localisée au niveau du cœur. Chaque respiration me coûtait un effort énorme, et se manifestait par un sifflement assourdi. Je n'arrivais pas vraiment à marcher, seulement de tout petits pas, trente centimètres tout au plus. Constamment, j'étais obligé de m'appuyer aux voitures.

Pendant quelques minutes je me suis reposé

contre une Peugeot 104, puis j'ai entamé l'ascension d'une rue qui me paraissait conduire à un carrefour plus important. Il m'a fallu environ une demi-heure pour parcourir cinq cents mètres. La souffrance avait cessé d'augmenter, mais se maintenait à un niveau élevé. Par contre mes difficultés respiratoires devenaient de plus en plus graves, et c'était là le point le plus alarmant. J'avais l'impression que si ça continuait j'allais crever rapidement, dans les prochaines heures, en tout cas avant l'aube. Cette mort subite me frappait par son injustice ; on ne pouvait pourtant pas dire que j'avais abusé de la vie. Depuis quelques années, c'est vrai, j'étais dans une mauvaise passe ; mais, justement, ce n'était pas une raison pour *interrompre l'expérience* ; bien au contraire on aurait pu penser que la vie se mettrait, légitimement, à me sourire. Décidément, tout cela était bien mal organisé.

En plus, cette ville et ses habitants m'avaient été d'emblée antipathiques. Non seulement je ne souhaitais pas mourir, mais je ne souhaitais surtout pas mourir à Rouen. Mourir à Rouen, au milieu des Rouennais, m'était même tout spécialement odieux. C'aurait été, me disais-je dans un état de délire léger probablement engendré par la souffrance, leur faire bien trop d'honneur, à ces imbéciles de Rouennais. Je me souviens de ce couple de jeunes, j'avais réussi à raccrocher leur voiture à un feu rouge ; ils devaient sortir de boîte, du moins c'est l'impression qu'ils donnaient. Je demande le chemin de l'hôpital ; la fille me l'indique brièvement, avec un peu d'agacement. Moment de silence. Je suis à peine capable de parler, à peine capable de me tenir debout, il est évident que je suis hors d'état de m'y rendre tout seul. Je les regarde, j'implore muettement leur pitié, en même temps je me demande s'ils se rendent bien compte de ce qu'ils sont en train de faire. Et puis feu vert, le type redémarre. Est-ce qu'ils ont échangé une parole ensuite, pour se justifier leur comportement ? Ce n'est même pas sûr.

Finalement j'aperçois un taxi, inespéré. J'essaie de mimer un air dégagé pour annoncer que je veux aller à l'hôpital, mais ça ne marche pas tout à fait, et le chauffeur manque refuser. Ce pauvre type trouvera quand même le moyen de me dire, juste avant de démarrer, qu'il « espère bien que je ne salirai pas ses coussins ». En fait j'avais déjà entendu dire que les femmes enceintes avaient le même problème au moment d'accoucher : à part quelques Cambodgiens tous les taxis refusent de les prendre en charge, de peur de se retrouver emmerdés avec des écoulements organiques sur leur banquette arrière.

Et allez donc !

À l'hôpital, je dois le reconnaître, les formalités sont assez rapides. Un interne s'occupe de moi, me fait faire toute une série d'examens. Il souhaite, je pense, s'assurer que je ne vais pas lui claquer entre les doigts dans l'heure qui suit.

Les examens terminés il s'approche de moi et m'annonce que j'ai une péricardite, et non un infarctus, comme il l'avait cru tout d'abord. Il m'apprend que les premiers symptômes sont rigoureusement identiques ; mais contrairement à l'infarctus, qui est souvent mortel, la péricardite est une maladie très bénigne, on n'en meurt jamais, en aucun cas. Il me dit : « Vous avez dû avoir peur. » Je réponds oui pour ne pas faire d'histoires, mais en fait je n'ai pas eu peur du tout, j'ai juste eu l'impression que j'allais crever dans les prochaines minutes ; c'est différent.

Ensuite, on me transporte dans la salle d'urgences. Assis sur le lit, je me mets à pousser des gémissements. Ça aide un peu. Je suis seul dans la salle, je n'ai pas à me gêner. De temps en temps une infirmière passe le nez par la porte, s'assure que mes gémissements restent à peu près constants, et repart.

L'aube vient. On amène un ivrogne, dans un lit voisin. Je continue à gémir doucement, régulièrement.

Vers huit heures, un médecin arrive. Il m'annonce qu'on va me transférer au service de cardiologie, et qu'il va me faire une piqûre pour me calmer. Je me dis qu'on aurait pu y penser plus tôt. La piqûre, en effet, m'endort immédiatement.

Au réveil, Tisserand est à mon chevet. Il a l'air affolé, et en même temps ravi de me revoir ; je suis un peu ému par sa sollicitude. En ne me trouvant pas dans ma chambre il a paniqué, il a téléphoné partout : à la direction départementale de l'Agriculture, au commissariat de police, à notre boîte à Paris... il semble encore un peu inquiet ; il est vrai qu'avec mon visage livide et ma perfusion je ne dois pas avoir l'air bien vaillant. Je lui explique que c'est une péricardite, ce n'est rien du tout, je serai rétabli en moins de quinze jours. Il veut se faire confirmer le diagnostic par une infirmière, qui n'en sait rien ; il demande à voir un docteur, le chef de service, n'importe qui... Finalement, l'interne de garde lui donnera les apaisements souhaités.

Il revient vers moi. Il me promet d'assurer la formation tout seul, de téléphoner à la boîte pour les prévenir, de s'occuper de tout ; il me demande si j'ai besoin de quelque chose. Non, pas pour le moment. Alors il repart, avec un grand sourire amical et encourageant. Je me rendors presque aussitôt.

5

> *« Ces enfants sont à moi, ces riches-*
> *ses sont à moi. » Ainsi parle l'insensé,*
> *et il est tourmenté. Vraiment, on ne*
> *s'appartient pas soi-même. D'où les*
> *enfants ? D'où les richesses ?*
>
> *Dhammapada, V*

On s'habitue vite à l'hôpital. Pendant toute une semaine j'ai été assez sérieusement atteint, je n'avais aucune envie de bouger ni de parler ; mais je voyais les gens autour de moi qui bavardaient, qui se racontaient leurs maladies avec cet intérêt fébrile, cette délectation qui paraît toujours un peu indécente à ceux qui sont en bonne santé ; je voyais aussi leurs familles, en visite. Eh bien dans l'ensemble personne ne se plaignait ; tous avaient l'air très satisfaits de leur sort, malgré le mode de vie peu naturel qui leur était imposé, malgré, aussi, le danger qui pesait sur eux ; car dans un service de cardiologie la plupart des patients risquent leur peau, au bout du compte.

Je me souviens de cet ouvrier de cinquante-cinq ans, il en était à son sixième séjour : il saluait tout le monde, le médecin, les infirmières... Visible-ment, il était ravi d'être là. Pourtant voilà un homme qui dans le privé avait une vie très active : il bricolait, faisait son jardin, etc. J'ai vu sa femme, elle avait l'air très gentille ; ils en étaient même touchants, de s'aimer comme ça, à cinquante ans passés. Mais dès qu'il arrivait à l'hôpital il abdiquait toute volonté ; il déposait son corps, ravi, entre les mains de la science. Du moment que tout était organisé. Un jour ou l'autre il allait y rester, dans cet hôpital, c'était évident ; mais cela aussi était organisé. Je le revois s'adressant au médecin avec une espèce d'impatience gourmande, employant au passage des abréviations familières que je n'ai pas comprises : « Alors, on va me faire ma pneumo et ma cata veineuse ? » Ça, il y tenait, à sa cata veineuse ; il en parlait tous les jours.

Comparativement, je me sentais un malade plutôt désagréable. J'avais en fait certaines difficultés à reprendre possession de moi-même. C'est là une expérience étrange. Voir ses jambes comme des objets séparés, loin de son esprit, auquel elles seraient reliées plus ou moins par hasard, et plutôt mal. S'imaginer avec incrédulité comme un tas de membres qui s'agitent. Et on en a besoin, de ces membres, on en a terriblement besoin. N'empêche, ils apparaissent bien bizarres, parfois, bien étranges. Surtout les jambes.

Tisserand est venu me voir deux fois, il a été adorable, il m'a apporté des livres et des gâteaux. Il voulait absolument me faire plaisir, je l'ai bien senti ; alors je lui ai indiqué des livres. Mais je n'avais pas vraiment envie de lire. Mon esprit flottait, indistinct, un peu perplexe.

Il a fait quelques plaisanteries érotiques sur les infirmières, mais c'était inévitable, bien naturel, et je ne lui en ai pas voulu. Il est d'ailleurs vrai que vu la chaleur ambiante les infirmières sont généralement presque nues sous leurs blouses ; juste un soutien-gorge et une culotte, très visibles en transparence. Ceci maintient indéniablement une tension érotique légère mais constante, d'autant plus qu'elles vous touchent, qu'on est soi-même à peu près nu, etc. Et le corps malade a encore envie de jouir, hélas. À vrai dire je signale ça plutôt *pour mémoire* ; j'étais moi-même dans un état d'insensibilité érotique à peu près total, tout du moins cette première semaine.

J'ai bien senti que les infirmières et les autres malades s'étonnaient que je ne reçoive pas plus de visites ; j'ai donc expliqué, pour l'édification générale, que j'étais en déplacement professionnel à Rouen au moment où c'était arrivé ; ce n'était pas mon coin, je ne connaissais personne. J'étais là par hasard, en somme.

Cependant est-ce qu'il n'y avait personne que je souhaitais prévenir, informer de mon état ? Eh bien non, il n'y avait personne.

La deuxième semaine a été un peu plus pénible ; je commençais à me rétablir, à manifester le désir de sortir. La vie reprenait le dessus, comme on dit. Tisserand n'était plus là pour m'apporter des gâteaux ; il devait être en train de faire son numéro devant les populations dijonnaises.

Lundi matin, écoutant un transistor par hasard, j'ai appris que les étudiants avaient terminé leurs manifestations, et naturellement avaient obtenu tout ce qu'ils voulaient. Par contre une grève SNCF s'était déclenchée, d'emblée dans une ambiance très dure ; les syndicats officiels semblaient débordés par l'intransigeance et la violence des grévistes. Le monde continuait, donc. La lutte continuait.

Le lendemain quelqu'un a téléphoné de ma boîte, demandant à me parler ; c'est une secrétaire de direction qui avait hérité de la difficile mission. Elle a été parfaite, prenant toutes les précautions d'usage et m'assurant que le rétablissement de ma santé comptait pour eux avant tout. Elle souhaitait néanmoins savoir si je serais en mesure de me rendre à La Roche-sur-Yon, comme prévu. J'ai répondu que je n'en savais rien, mais que c'était là un de mes plus ardents désirs. Elle a ri, un peu bêtement ; mais c'est une fille assez bête, je l'avais déjà remarqué.

6

Rouen-Paris

Le surlendemain je suis sorti de l'hôpital, un peu plus tôt, je pense, que les médecins ne l'auraient réellement voulu. Généralement, ils essaient de vous garder le plus longtemps possible pour augmenter leur coefficient d'occupation de lits ; mais la période des fêtes les a sans doute incités à la clémence. D'ailleurs le médecin-chef me l'avait promis : « Vous serez chez vous pour Noël », tels avaient été ses termes. Chez moi je ne sais pas, mais quelque part, sûrement.

J'ai fait mes adieux à l'ouvrier, qui venait d'être opéré la veille. Ça s'était très bien passé, selon les médecins ; n'empêche qu'il avait quand même l'air d'un homme au bout du rouleau.

Sa femme a absolument voulu que je goûte de la tarte aux pommes, que son mari n'avait pas la force d'avaler. J'ai accepté ; elle était délicieuse.

« Bon courage, mon gars ! » m'a-t-il dit au moment de se quitter. Je lui en ai souhaité tout autant. Il avait bien raison ; c'est toujours une chose qui peut être utile, le courage.

Rouen-Paris. Il y a trois semaines exactement, j'accomplissais le même parcours en sens inverse. Qu'est-ce qui a changé, depuis ? De petites agglomérations fument toujours au loin dans la vallée, comme une promesse de bonheur paisible. L'herbe est verte. Il y a du soleil, de petits nuages formant contraste ; c'est plutôt une lumière de printemps. Mais un peu plus loin les terres sont inondées ; on perçoit le lent frémissement de l'eau entre les saules ; on imagine une boue gluante, noirâtre, où le pied s'enfonce brusquement.

Non loin de moi dans la voiture, un Noir écoute son walkman en descendant une bouteille de *J and B*. Il se dandine dans le couloir, sa bouteille à la main. Un animal, probablement dangereux. J'essaie d'éviter son regard, pourtant relativement amical.

Un cadre vient s'installer en face de moi, sans doute gêné par le nègre. Qu'est-ce qu'il fout là, lui ! il devrait être en première. On n'est jamais tranquille.

Il a une montre Rolex, une veste en *seersucker*. À l'annulaire de la main gauche il porte une alliance en or, moyennement fine. Sa tête est carrée, franche, plutôt sympathique. Il peut avoir une quarantaine d'années. Sur sa chemise blanc crème on distingue de fines rayures en relief, d'un crème légèrement plus foncé. Sa cravate est d'une largeur moyenne, et bien entendu il lit *Les Échos*. Non seulement il les lit mais il les dévore, comme si de cette lecture pouvait, soudain, dépendre le sens de sa vie.

Je suis obligé de me tourner vers le paysage pour ne plus le voir. C'est curieux, maintenant il me semble que le soleil est redevenu rouge, comme lors de mon voyage aller. Mais je m'en fous pas mal ; il pourrait y avoir cinq ou six soleils rouges que ça ne modifierait en rien le cours de ma méditation.

Je n'aime pas ce monde. Décidément, je ne l'aime pas. La société dans laquelle je vis me dégoûte ; la publicité m'écœure ; l'informatique me fait vomir. Tout mon travail d'informaticien consiste à multiplier les références, les recoupements, les critères de décision rationnelle. Ça n'a aucun sens. Pour parler franchement, c'est même plutôt négatif ; un encombrement inutile pour les neurones. Ce monde a besoin de tout, sauf d'informations supplémentaires.

L'arrivée à Paris, toujours aussi sinistre. Les immeubles lépreux du pont Cardinet, derrière lesquels on imagine immanquablement des retraités agonisant aux côtés de leur chat Poucette qui dévore la moitié de leur pension avec ses croquettes Friskies. Ces espèces de structures métalliques qui se chevauchent jusqu'à l'indécence pour former un réseau de caténaires. Et la publicité qui revient, inévitable, répugnante et bariolée. « Un spectacle gai et changeant sur les murs. » Foutaise. Foutaise merdique.

7

Je retrouvai mon appartement sans réel enthousiasme ; le courrier se limitait à un rappel de règlement pour une conversation téléphonique érotique (*Natacha, le râle en direct*) et à une longue lettre des Trois Suisses m'informant de la mise en place d'un service télématique de commandes simplifiées, le Chouchoutel. En ma qualité de client privilégié, je pouvais d'ores et déjà en bénéficier ; toute l'équipe informatique (photos en médaillon) avait travaillé d'arrache-pied pour que le service soit opérationnel pour Noël ; dès maintenant, la directrice commerciale des Trois Suisses était donc heureuse de pouvoir m'attribuer personnellement un code Chouchou.

Le compteur d'appels de mon répondeur indiquait le chiffre 1, ce qui me surprit quelque peu ; mais il devait s'agir d'une erreur. En réponse à mon message, une voix féminine lasse et méprisante avait lâché : « Pauvre imbécile... » avant de raccrocher. Bref, rien ne me retenait à Paris.

De toute façon, j'avais assez envie d'aller en Vendée. La Vendée me rappelait de nombreux souvenirs de vacances (plutôt mauvais du reste, mais c'est toujours ça). J'en avais retracé quelques-uns sous le couvert d'une fiction animalière intitulée *Dialogues d'un teckel et d'un caniche*, qu'on pourrait qualifier d'autoportrait adolescent. Dans le dernier chapitre de l'ouvrage, l'un des chiens faisait lecture à son compagnon d'un manuscrit découvert dans le bureau à cylindre de son jeune maître :

« L'an dernier, aux alentours du 23 août, je me promenais sur la plage des Sables-d'Olonne, accompagné de mon caniche. Alors que mon compagnon quadrupède semblait jouir sans contrainte des mouvements de l'air marin et de l'éclat du soleil (particulièrement vif et délicieux en cette fin de matinée), je ne pouvais empêcher l'étau de la réflexion d'enserrer mon front translucide, et, accablée par le poids d'un fardeau trop pesant, ma tête retombait tristement sur ma poitrine.

En cette occurrence, je m'arrêtai devant une jeune fille qui pouvait avoir environ quatorze ans. Elle jouait au badminton avec son père, ou à quelque autre jeu qui se joue avec des raquettes et un volant. Son habillement portait les marques de la simplicité la plus franche, puisqu'elle était en maillot de bain, et de surcroît les seins nus. Pourtant, et à ce stade on ne peut que s'incliner devant tant de persévérance, toute son attitude manifestait le déploiement d'une tentative de séduction ininterrompue. Le mouvement ascendant de ses bras au moment où elle ratait la balle, s'il avait l'avantage accessoire de porter en avant les deux globes ocracés constituant une poitrine déjà plus que naissante, s'accompagnait surtout d'un sourire à la fois amusé et désolé, finalement plein d'une intense joie de vivre, qu'elle dédiait manifestement à tous les adolescents mâles croisant dans un rayon de cinquante mètres. Et ceci, notons-le bien, en plein cœur d'une activité à caractère éminemment sportif et familial.

Son petit manège n'allait d'ailleurs pas sans produire ses effets, je ne fus pas long à m'en rendre

85

compte ; arrivés près d'elle les garçons balançaient horizontalement le thorax, et le cisaillement cadencé de leur démarche se ralentissait dans des proportions notables. Tournant la tête vers eux d'un mouvement vif qui provoquait dans sa chevelure comme un ébouriffement temporaire non dénué d'une grâce mutine, elle gratifiait alors ses proies les plus intéressantes d'un bref sourire aussitôt contredit par un mouvement non moins charmant visant cette fois à frapper le volant en plein centre.

Ainsi, je me voyais une fois de plus ramené à un sujet de méditation qui n'a cessé depuis des années de hanter mes pensées : pourquoi les garçons et les filles, un certain âge une fois atteint, passent-ils réciproquement leur temps à se draguer et à se séduire ?

Certains diront, d'une voix gracieuse : "C'est l'éveil du désir sexuel, ni plus ni moins, voilà tout." Je comprends ce point de vue ; je l'ai moi-même longtemps partagé. Il peut se targuer de mobiliser à ses côtés les multiples linéaments de pensée qui s'entrecroisent, gelée translucide, à notre horizon idéologique aussi bien que la robuste force centripète du bon sens. Il pourra donc sembler audacieux, voire suicidaire, de se heurter de plein fouet à ses bases incontournables. C'est ce que je ne ferai pas. Bien loin suis-je en effet de vouloir nier l'existence et la force du désir sexuel chez les adolescents humains. Les tortues elles-mêmes le sentent et ne se hasardent pas, en ces jours pleins de trouble, à importuner leur jeune maître. Il n'en reste pas moins que certains indices sérieux et concordants, comme un chapelet de faits étranges, m'ont progressivement amené à supposer l'existence d'une force plus profonde et plus cachée, véritable nodosité existentielle d'où transpirerait le désir. Je n'en ai jusqu'à présent fait état à personne, afin de ne point dissiper par d'inconséquents bavardages le crédit de santé mentale que les hommes m'ont généralement accordé le temps de nos relations. Mais ma conviction s'est maintenant formée, et il est temps de tout dire.

Exemple numéro 1. Considérons un groupe de jeunes gens qui sont ensemble le temps d'une soirée, ou bien de vacances en Bulgarie. Parmi ces jeunes gens existe un couple préalablement formé ; appelons le garçon François et la fille Françoise. Nous obtiendrons un exemple concret, banal, facilement observable.

Abandonnons ces jeunes gens à leurs divertissantes activités, mais découpons auparavant dans leur vécu un échantillonnage de segments temporels aléatoires que nous filmerons à l'aide d'une caméra à grande vitesse dissimulée dans le décor. Il ressort d'une série de mesures que Françoise et François passeront environ 37 % de leur temps à s'embrasser, à se toucher de manière caressante, bref à se prodiguer les marques de la plus grande tendresse réciproque.

Répétons maintenant l'expérience en annulant l'environnement social précité, c'est-à-dire que Françoise et François seront seuls. Le pourcentage tombe aussitôt à 17 %.

Exemple numéro 2. Je veux maintenant vous parler d'une pauvre fille qui s'appelait Brigitte Bardot. Eh oui. Il y avait réellement, dans ma classe en terminale, une fille qui s'appelait Bardot, parce que son père s'appelait ainsi. J'ai pris quelques renseignements sur lui : il était ferrailleur près de Trilport. Sa femme ne travaillait pas ; elle restait à la maison. Ces gens n'allaient guère au cinéma, je suis persuadé qu'ils ne l'ont pas fait exprès ; peut-être même, les premières années, ont-ils été amusés par la coïncidence... C'est pénible à dire.

Au moment où je l'ai connue, dans l'épanouissement de ses dix-sept ans, Brigitte Bardot était vraiment immonde. D'abord elle était très grosse, un boudin et même un surboudin, avec divers bourrelets disgracieusement disposés aux intersections de son corps obèse. Mais eût-elle même suivi pendant vingt-cinq ans un régime amaigrissant de la plus terrifiante sévérité que son sort n'en eût pas été notablement adouci. Car sa peau était rougeâtre, grumeleuse et boutonneuse. Et sa face était large, plate et ronde, avec de petits yeux enfoncés, des cheveux rares et ternes. Vraiment la comparaison avec une truie s'imposait à tous, de manière inévitable et naturelle.

Elle n'avait pas d'amies, ni évidemment d'amis ; elle était donc parfaitement seule. Personne ne lui adressait la parole, même pour un exercice de physique ; on préférait toujours s'adresser à quelqu'un d'autre. Elle venait en cours, puis elle rentrait chez elle ; jamais je n'ai entendu dire que quelqu'un l'ait vue autrement qu'au lycée.

En cours, certains s'asseyaient à côté d'elle ; ils s'étaient habitués à sa présence massive. Ils ne la voyaient pas et ne se moquaient pas d'elle, non plus. Elle ne participait pas aux discussions en cours de philosophie ; elle ne participait à rien du tout. Sur la planète Mars elle n'aurait pas été plus tranquille.

Je suppose que ses parents devaient l'aimer. Que pouvait-elle bien faire, le soir, en rentrant chez elle ? Car elle devait sûrement avoir une chambre, avec un lit, et des nounours datant de son enfance. Elle devait regarder la télé avec ses parents. Une pièce obscure, et trois êtres soudés par le flux photonique ; je ne vois rien d'autre.

Quant aux dimanches, j'imagine trop bien la proche famille l'accueillant avec une cordialité feinte. Et ses cousines, probablement jolies. Écœurant.

Avait-elle des fantasmes et si oui lesquels ? Romantiques, à la Delly ? J'hésite à penser qu'elle ait pu imaginer d'une manière ou d'une autre et ne serait-ce même qu'en rêve qu'un jeune homme de bonne famille poursuivant ses études de médecine nourrisse un jour le projet de l'emmener dans sa voiture décapotable visiter les abbayes de la côte normande. À moins peut-être qu'elle ne se soit préalablement revêtue d'une cagoule, donnant ainsi un tour mystérieux à l'aventure.

Ses mécanismes hormonaux devaient fonctionner normalement, il n'y a aucune raison de soupçonner le contraire. Et alors ? Est-ce que ça suffit pour avoir des fantasmes érotiques ? Imaginait-elle des mains masculines s'attardant entre les replis de son ventre obèse ? descendant jusqu'à son sexe ? J'interroge la médecine, et la médecine ne répond rien. Il y a beaucoup de choses concernant Bardot que je n'ai pas réussi à élucider ; j'ai essayé.

Je ne suis pas allé jusqu'à coucher avec elle ; j'ai simplement accompli les premiers pas dans la démarche qui devait normalement y conduire. Plus précisément j'ai commencé début novembre à lui parler, quelques mots à la fin des cours, rien de plus pendant une quinzaine. Et puis, à deux ou trois reprises, je lui ai demandé des explications sur tel ou tel point de mathématiques ; tout cela très prudemment, en évitant de me faire remarquer. Vers la mi-décembre j'ai commencé à lui toucher la main, de manière apparemment accidentelle. À chaque fois elle réagissait comme à une secousse électrique. C'était plutôt impressionnant.

Le point culminant de nos relations fut atteint juste avant Noël, lorsque je l'ai raccompagnée jusqu'à son train (en réalité un autorail). Comme la gare était à plus de huit cents mètres, ce n'était pas une initiative insignifiante ; j'ai même été aperçu en cette circonstance. Dans la classe j'étais généralement plus ou moins considéré comme un malade, ça n'a donc en fait porté qu'un préjudice limité à mon image sociale.

Au milieu du quai, ce soir-là, je l'ai embrassée sur la joue. Je ne l'ai pas embrassée sur la bouche. Je pense d'ailleurs que paradoxalement elle ne l'aurait pas permis, car même si jamais au grand jamais ses lèvres et sa langue n'avaient connu l'expérience du contact d'une langue masculine elle n'en avait pas moins une notion très précise du moment et du lieu où cette opération doit prendre place dans le parcours archétype du flirt adolescent, je dirais même une notion d'autant plus précise que celle-ci n'avait jamais eu l'occasion d'être rectifiée et adoucie par la fluide vapeur de l'instant vécu.

Immédiatement après les vacances de Noël j'ai cessé de lui parler. Le type qui m'avait aperçu près de la gare semblait avoir oublié l'incident, mais j'avais quand même eu très peur. De toute façon, sortir Bardot aurait demandé une force morale bien supérieure à celle dont je pouvais, même à l'époque, me targuer. Car non seulement elle était laide mais elle était nettement méchante. Touchée de plein fouet par la libération sexuelle (c'était le tout début des années 80, le SIDA n'existait pas encore), elle ne pouvait évidemment se prévaloir d'une quelconque éthique de la virginité. Elle était en outre beaucoup trop intelligente et trop lucide pour expliquer son état par une "influence judéochrétienne" — ses parents, en toute hypothèse, étaient agnostiques. Toute échappatoire lui était donc interdite. Elle ne pouvait qu'assister, avec une haine silencieuse, à la libération des autres ; voir les garçons se presser, comme des crabes, autour du corps des autres ; sentir les relations qui se nouent, les expériences qui se décident, les orgasmes qui se déploient ; vivre en tous points une autodestruction silencieuse auprès du plaisir affiché des autres. Ainsi devait se dérouler son adolescence, ainsi elle se déroula : la jalousie et la frustration fermentèrent lentement, se transformant en une boursouflure de haine paroxystique.

Au fond, je ne suis pas tellement fier de cette histoire ; tout cela était trop nettement burlesque pour être exempt de cruauté. Je me revois par exemple un matin l'accueillant par ces mots : "Oh oh, tu as une nouvelle robe, Brigitte..." C'était assez dégueulasse, même si c'était vrai ; car le fait est hallucinant mais pourtant réel : *elle changeait de robe*, je me souviens même d'une fois où elle avait mis *un ruban dans ses cheveux* : Ô mon Dieu ! on aurait dit une tête de veau persillée. J'implore son pardon au nom de l'humanité entière.

Le désir d'amour est profond chez l'homme, il plonge ses racines jusqu'à des profondeurs étonnantes, et la multiplicité de ses radicelles s'intercale dans la matière même du cœur. Malgré l'avalanche d'humiliations qui constituait l'ordinaire de sa vie, Brigitte Bardot espérait et attendait. À l'heure qu'il est elle continue probablement à espérer et à attendre. Une vipère se serait déjà suicidée, à sa place. Les hommes ne doutent de rien.

Après avoir parcouru d'un regard lent et froid l'échelonnement des divers appendices de la fonction sexuelle, le moment me semble venu d'exposer le théorème central de mon apocritique. À moins que vous ne stoppiez l'implacable démarche de mon raisonnement par cette objection que, bon prince, je vous laisserai formuler : "Vous choisissez tous vos exemples dans l'adolescence, qui est certes une période importante de la vie, mais n'en occupe malgré tout qu'une fraction assez brève. Ne craignez-vous donc pas que vos conclusions, dont nous admirons la finesse et la rigueur, ne s'avèrent finalement partielles et limitées ?" À cet aimable contradicteur je répondrai que l'adolescence n'est pas seulement une période importante de la vie, mais que c'est la seule période où l'on puisse parler de vie au plein sens du terme. Les attracteurs pulsionnels se déchaînent vers l'âge de treize ans, ensuite ils diminuent peu à peu ou plutôt ils se résolvent en modèles de comportement, qui ne sont après tout que des forces figées. La violence de l'éclatement initial fait que l'issue du conflit peut demeurer incertaine pendant plusieurs années ; c'est ce qu'on appelle en électrodynamique un régime transitoire. Mais peu à peu les oscillations se font plus lentes, jusqu'à se résoudre en longues vagues mélancoliques et douces ; à partir de ce moment tout est dit, et la vie n'est plus qu'une préparation à la mort. Ce qu'on peut exprimer de manière plus brutale et moins exacte en disant que l'homme est un adolescent diminué.

Après avoir parcouru d'un regard lent et froid

l'échelonnement des divers appendices de la fonction sexuelle, le moment me semble donc venu d'exposer le théorème central de mon apocritique. J'utiliserai pour cela le levier d'une formulation condensée, mais suffisante, que voici :

"La sexualité est un système de hiérarchie sociale."

À ce stade, il me faudra plus que jamais envelopper ma formulation des austères dépouilles de la rigueur. L'ennemi idéologique se tapit souvent près du but, et avec un long cri de haine il se jette à l'entrée du dernier virage sur le penseur imprudent qui, ivre de sentir déjà les premiers rayons de la vérité se poser sur son front exsangue, avait sottement négligé d'assurer ses arrières. Je n'imiterai pas cette erreur, et, laissant s'allumer d'eux-mêmes dans vos cerveaux les candélabres de la stupéfaction, je continuerai à dérouler les anneaux de mon raisonnement avec la silencieuse modération du crotale. Ainsi, j'aurai garde d'ignorer l'objection que ne manquerait pas de me formuler tout lecteur attentif : dans le second exemple j'ai subrepticement introduit le concept d'*amour*, alors que mon argumentation se fondait jusqu'à présent sur la sexualité pure. Contradiction ? Incohérence ? Ha ha ha !

Marthe et Martin ont quarante-trois ans de mariage. Comme ils se sont mariés à vingt et un ans ça leur en fait soixante-quatre. Ils sont déjà en retraite ou tout près de l'être, suivant le régime social qui s'applique dans leur cas. Comme on dit, ils vont finir leur vie ensemble. Dans ces conditions il est bien certain que se forme une entité "couple", pertinente en dehors de tout contact social, et qui parvient même sur certains plans mineurs à égaler ou dépasser en importance le vieux gorille individuel. C'est à mon avis dans ce cadre que l'on peut reconsidérer l'éventualité de donner un sens au mot "amour".

Après avoir hérissé ma pensée des pieux de la restriction je puis maintenant ajouter que le concept d'amour, malgré sa fragilité ontologique, détient ou détenait jusqu'à une date récente tous les attributs d'une prodigieuse puissance opératoire. Forgé à la hâte il a immédiatement connu une large audience, et encore de nos jours rares sont ceux qui renoncent nettement et délibérément à aimer. Ce franc succès tendrait à démontrer une mystérieuse correspondance avec on ne sait quel besoin constitutif de la nature humaine. Toutefois, et c'est exactement en ce point que l'analyste vigilant se sépare du dévideur de fariboles, je me garderai bien de formuler la plus succincte hypothèse sur la nature dudit besoin. *Quoi qu'il en soit l'amour existe, puisqu'on peut en observer les effets.* Voilà une phrase digne de Claude Bernard, et je tiens à la lui dédier. Ô savant inattaquable ! ce n'est pas un hasard si les observations les plus éloignées en apparence de l'objet qu'initialement tu te proposais viennent l'une après l'autre se ranger, comme autant de cailles dodues, sous la rayonnante majesté de ton auréole protectrice. Certes il doit détenir une bien grande puissance, le protocole expérimental qu'avec une rare pénétration en 1865 tu définissais, pour que les faits les plus extravagants ne puissent franchir la ténébreuse barrière de la scientificité qu'après s'être placés sous la rigidité de tes lois inflexibles. Physiologiste inoubliable je te salue, et je déclare bien haut que je ne ferai rien qui puisse si peu que ce soit abréger la durée de ton règne.

Posant avec mesure les colonnes d'une axiomatique indubitable, je ferai en troisième lieu observer que le vagin, contrairement à ce que son apparence pourrait laisser croire, est beaucoup plus qu'un trou dans un bloc de viande (je sais bien que les garçons bouchers se masturbent avec des escalopes... qu'ils continuent ! ça n'est pas cela qui pourra freiner le développement de ma pensée !). En réalité, le vagin sert ou servait jusqu'à une date récente à la reproduction des espèces. Oui, des espèces.

Certains littérateurs du passé ont cru bon, pour évoquer le vagin et ses dépendances, d'arborer l'expression sottement ahurie et l'écarquillement facial d'une borne kilométrique. D'autres au contraire, semblables aux saprophytes, se sont vautrés dans la bassesse et le cynisme. Tel le pilote expérimenté je naviguerai à égale distance de ces écueils symétriques, mieux encore je m'appuierai sur la trajectoire de leur médiatrice pour ouvrir ma voie, ample et intransigeante, vers les contrées idylliques du raisonnement exact. Les trois nobles vérités qui viennent d'illuminer vos regards doivent donc être considérées comme le trièdre générateur d'une pyramide de sagesse qui, inédite merveille, survolera d'une aile légère les océans désagrégés du doute. C'est assez souligner leur importance. Il n'en reste pas moins qu'à l'heure présente elles rappellent plutôt, par leurs dimensions et leur caractère abrupt, trois colonnes de granit érigées en plein désert (telles qu'on peut par exemple en observer dans la plaine de Thèbes). Il serait à tout prendre inamical, et peu conforme à l'esprit de ce traité, que j'abandonne mon lecteur face à leur rebutante verticalité. C'est pourquoi autour de ces premiers axiomes viendront s'entrelacer les joyeuses spirales de diverses propositions adventices, que je vais maintenant détailler... »

Naturellement, l'ouvrage était inachevé. D'ailleurs, le teckel s'endormait avant la fin du discours du caniche ; mais certains indices devaient permettre de supposer qu'il détenait la vérité, et que celle-ci pouvait s'exprimer en quelques phrases sobres. Enfin j'étais jeune, je m'amusais. C'était avant Véronique, tout cela ; c'était le bon temps. Je me souviens qu'à l'âge de dix-sept ans, alors que j'exprimais des opinions contradictoires et perturbées sur le monde, une femme d'une cinquantaine d'années rencontrée dans un bar Corail m'avait dit : « Vous verrez, en vieillissant, les choses deviennent très simples. » Comme elle avait raison !

8

Retour aux vaches

À cinq heures cinquante-deux le train fit son entrée à La Roche-sur-Yon, par un froid perçant. La ville était silencieuse, calme ; parfaitement calme. « Eh bien ! » me dis-je, « voilà l'occasion d'une petite promenade à la campagne... »

J'ai avancé dans les rues désertes, ou pratiquement désertes, d'une zone pavillonnaire. Au début j'ai essayé de comparer les caractéristiques des pavillons, mais c'était assez difficile, le jour n'était pas encore levé ; j'ai laissé tomber assez rapidement.

Quelques habitants étaient déjà levés, malgré l'heure matinale ; ils me regardaient passer de leurs garages. Ils avaient l'air de se demander ce que je faisais là. S'ils m'avaient questionné j'aurais été bien en peine de leur répondre. En effet, rien ne justifiait ma présence ici. Pas plus ici qu'ailleurs, à vrai dire.

Puis je suis arrivé dans la campagne proprement dite. Il y avait des clôtures, et des vaches derrière les clôtures. Un léger bleuissement annonçait l'approche de l'aube.

J'ai regardé les vaches. La plupart ne dormaient pas, elles avaient déjà commencé à brouter. Je me suis dit qu'elles avaient bien raison ; elles devaient avoir froid, autant se donner un peu d'exercice. Je les ai observées avec bienveillance, sans aucune intention de troubler leur tranquillité matinale. Quelques-unes se sont approchées de moi jusqu'à la clôture, sans meugler, et m'ont regardé. Elles aussi me laissaient tranquille. C'était bien.

Plus tard, je me suis dirigé vers la direction départementale de l'Agriculture. Tisserand était déjà là ; il m'a serré la main avec une chaleur surprenante.

Le directeur nous attendait dans son bureau. Tout de suite, il s'est avéré être un type plutôt sympathique ; visiblement, une bonne pâte. Par contre, il était totalement imperméable au message technologique que nous étions supposés lui délivrer. L'informatique, nous déclare-t-il carrément, il n'en a rien à foutre. Il n'a aucune envie de changer ses habitudes de travail pour le plaisir de faire moderne. Les choses marchent bien comme elles sont, et elles continueront à marcher comme ça, au moins tant qu'il sera là. S'il a accepté notre venue c'est uniquement pour ne pas faire d'histoires avec le ministère, mais dès que nous serons partis il rangera le logiciel dans une armoire, et il n'y touchera plus.

Dans ces conditions la formation se présentait à l'évidence comme une aimable plaisanterie, une manière de discuter pour passer le temps. Ça ne me dérangeait nullement.

Au cours des jours suivants, je me rends compte que Tisserand commence à déjanter. Après Noël, il part faire du ski dans un club de jeunes ; le genre « interdit aux vieux crabes », avec soirées dansantes et petit déjeuner tardif ; bref, le genre où on baise. Mais il évoque la perspective sans chaleur ; je sens qu'il n'y croit plus du tout. De temps en temps son regard se met à flotter sur moi, derrière ses lunettes. Il donne l'impression d'être ensorcelé. Je connais cela ; j'ai ressenti la même chose il y a deux ans, juste après ma séparation d'avec Véronique. Vous avez l'impression que vous pouvez vous rouler par terre, vous taillader les veines à coups de rasoir ou vous masturber dans le métro, personne n'y prêtera attention ; personne ne fera un geste. Comme si vous étiez protégé du monde par une pellicule transparente, inviolable, parfaite. D'ailleurs Tisserand me l'a dit l'autre jour (il avait bu) : « J'ai l'impression d'être une cuisse de poulet sous cellophane dans un rayon de supermarché. » Il a encore dit : « J'ai l'impression d'être une grenouille dans un bocal ; d'ailleurs je ressemble à une grenouille, n'est-ce pas ? » J'ai doucement répondu : « Raphaël... », d'un ton de reproche. Il a sursauté ; c'est la première fois que je l'appelais par son prénom. Il s'est troublé, et n'a plus rien dit.

Le lendemain, au petit déjeuner, il a longuement considéré son bol de Nesquik ; et puis, d'un ton presque rêveur, il a soupiré : « Putain, j'ai vingt-huit ans et je suis toujours puceau !... » Je m'en suis quand même étonné ; il m'a alors expliqué qu'un reste d'orgueil l'avait toujours empêché d'*aller aux putes*. Je l'en ai blâmé ; peut-être un peu vivement, car il a tenu à me réexpliquer son point de vue le soir même, juste avant de partir à Paris pour le week-end. Nous étions sur le parking de la direction départementale de l'Agriculture ; les réverbères répandaient un halo jaunâtre assez déplaisant ; l'air était humide et froid. Il a dit : « Tu comprends, j'ai fait mon calcul ; j'ai de quoi me payer une pute par semaine ; le samedi soir, ça serait bien. Je finirai peut-être par le faire. Mais je sais que certains hommes peuvent avoir la même chose gratuitement, *et en plus avec de l'amour*. Je préfère essayer ; pour l'instant, je préfère encore essayer. »

Je n'ai évidemment rien pu lui répondre ; mais je suis rentré à mon hôtel assez pensif. Décidément, me disais-je, dans nos sociétés, le sexe représente bel et bien un second système de différenciation, tout à fait indépendant de l'argent ; et il se comporte comme un système de différenciation au moins aussi impitoyable. Les effets de ces deux systèmes sont d'ailleurs strictement équivalents. Tout comme le libéralisme économique sans frein, et pour des raisons analogues, le libéralisme sexuel produit des phénomènes de *paupérisation absolue*. Certains font l'amour tous les jours ; d'autres cinq ou six fois dans leur vie, ou jamais. Certains font l'amour avec des dizaines de femmes ; d'autres avec aucune. C'est ce qu'on appelle la « loi du marché ». Dans un système économique où le licenciement est prohibé, chacun réussit plus ou moins à trouver sa place. Dans un système sexuel où l'adultère est prohibé, chacun réussit plus ou moins à trouver son compagnon de lit. En système économique parfaitement libéral, certains accumulent des fortunes considérables ; d'autres croupissent dans le chômage et la misère. En système sexuel parfaitement libéral, certains ont une vie érotique variée et excitante ; d'autres sont réduits à la masturbation et la solitude. Le libéralisme économique, c'est l'extension du domaine de la lutte, son extension à tous les âges de la vie et à toutes les classes de la société. De même, le libéralisme sexuel, c'est l'extension du domaine de la lutte, son extension à tous les âges de la vie et à toutes les classes de la société. Sur le plan économique, Raphaël Tisserand appartient au camp des vainqueurs ; sur le plan sexuel, à celui des vaincus. Certains gagnent sur les deux tableaux ; d'autres perdent sur les deux. Les entreprises se disputent certains jeunes diplômés ; les femmes se disputent certains jeunes hommes ; les hommes se disputent certaines jeunes femmes ; le trouble et l'agitation sont considérables.

Un peu plus tard je suis ressorti de mon hôtel, dans le but bien arrêté de me saouler la gueule. J'ai trouvé un café ouvert en face de la gare ; quelques adolescents jouaient au flipper, et c'était à peu près tout. Au bout du troisième cognac, je me suis mis à repenser à Gérard Leverrier.

Gérard Leverrier était administrateur à l'Assemblée nationale, dans le même service que Véronique (qui y travaillait, elle, comme secrétaire). Gérard Leverrier avait vingt-six ans et gagnait trente mille francs par mois. Pourtant, Gérard Leverrier était timide et dépressif. Un vendredi soir de décembre (il ne devait pas revenir le lundi ; il avait pris, un peu malgré lui, quinze jours de vacances « pour les fêtes »), Gérard Leverrier est rentré chez lui et s'est tiré une balle dans la tête.

La nouvelle de sa mort n'a réellement surpris personne à l'Assemblée nationale ; il y était surtout connu pour les difficultés qu'il éprouvait à s'acheter un lit. Depuis quelques mois déjà il avait décidé cet achat ; mais la concrétisation du projet s'avérait impossible. L'anecdote était généralement rapportée avec un léger sourire ironique ; pourtant, il n'y a pas de quoi rire ; l'achat d'un lit, de nos jours, présente effectivement des difficultés considérables, et il y a bien de quoi vous mener au suicide. D'abord il faut prévoir la livraison, et donc en général prendre une demi-journée de congé, avec tous les problèmes que ça pose. Parfois les livreurs ne viennent pas, ou bien ils ne réussissent pas à transporter le lit dans l'escalier, et on en est quitte pour demander une demi-journée de congé supplémentaire. Ces difficultés se reproduisent pour tous les meubles et les appareils ménagers, et l'accumulation de tracas qui en résulte peut déjà suffire à ébranler sérieusement un être sensible. Mais le lit, entre tous les meubles, pose un problème spécialement, éminemment douloureux. Si l'on veut garder la considération du vendeur on est obligé d'acheter un lit à deux places, qu'on en ait ou non l'utilité, qu'on ait ou non la place de le mettre. Acheter un lit à une place c'est avouer publiquement qu'on n'a pas de vie sexuelle, et qu'on n'envisage pas d'en avoir dans un avenir rapproché ni même lointain (car les lits durent longtemps de nos jours, bien au-delà de la période de garantie ; c'est une affaire de cinq ou dix, voire vingt ans ; c'est un investissement sérieux, qui vous engage pratiquement pour le restant de vos jours ; les lits durent en moyenne bien plus longtemps que les mariages, on ne le sait que trop bien). Même l'achat d'un lit de 140 vous fait passer pour un petit-bourgeois mesquin et étriqué ; aux yeux des vendeurs, le lit de 160 est le seul qui vaille vraiment d'être acheté ; là vous avez le droit à leur respect, à leur considération, voire à un léger sourire complice ; ils n'en ont décidément que pour le lit de 160.

Le soir de la mort de Gérard Leverrier, son père a téléphoné à son travail ; comme il était absent de son bureau c'est Véronique qui a pris la communication. Le message consistait simplement à rappeler son père, de toute urgence ; elle a oublié de le transmettre. Gérard Leverrier est donc rentré chez lui à six heures, sans avoir pris connaissance du message, et s'est tiré une balle dans la tête. Véronique m'a raconté ça, le soir du jour où ils ont appris sa mort, à l'Assemblée nationale ; elle a ajouté que ça lui « foutait un peu les boules » ; tels furent ses propres termes. Je me suis imaginé qu'elle allait ressentir une espèce de culpabilité, de remords ; pas du tout : le lendemain, elle avait déjà oublié.

Véronique était « en analyse », comme on dit ; aujourd'hui, je regrette de l'avoir rencontrée. Plus généralement, il n'y a rien à tirer des femmes en analyse. Une femme tombée entre les mains des psychanalystes devient définitivement impropre à tout usage, je l'ai maintes fois constaté. Ce phénomène ne doit pas être considéré comme un effet secondaire de la psychanalyse, mais bel et bien comme son but principal. Sous couvert de reconstruction du moi, les psychanalystes procèdent en réalité à une scandaleuse destruction de l'être humain. Innocence, générosité, pureté... tout cela est rapidement broyé entre leurs mains grossières. Les psychanalystes, grassement rémunérés, prétentieux et stupides, anéantissent définitivement chez leurs soi-disant patientes toute aptitude à l'amour, aussi bien mental que physique ; ils se comportent en fait en véritables ennemis de l'humanité. Impitoyable école d'égoïsme, la psychanalyse s'attaque avec le plus grand cynisme à de braves filles un peu paumées pour les transformer en d'ignobles pétasses, d'un égocentrisme délirant, qui ne peuvent plus susciter qu'un légitime dégoût. Il ne faut accorder aucune confiance, en aucun cas, à une femme passée entre les mains des psychanalystes. Mesquinerie, égoïsme, sottise arrogante, absence complète de sens moral, incapacité chronique d'aimer : voilà le portrait exhaustif d'une femme « analysée ».

Véronique correspondait, il faut le dire, trait pour trait à cette description. Je l'ai aimée, autant qu'il était en mon pouvoir — ce qui représente beaucoup d'amour. Cet amour fut gaspillé en pure perte, je le sais maintenant ; j'aurais mieux fait de lui casser les deux bras. Elle avait sans doute depuis toujours, comme toutes les dépressives, des dispositions à l'égoïsme et à l'absence de cœur ; mais sa psychanalyse l'a transformée de manière irréversible en une véritable ordure, sans tripes et sans conscience — un détritus entouré de papier glacé. Je me souviens qu'elle avait un tableau en Velléda blanc, sur lequel elle inscrivait d'ordinaire des choses du genre « petits pois » ou « pressing ». Un soir, en rentrant de sa *séance*, elle avait noté cette phrase de Lacan : « Plus vous serez ignoble, mieux ça ira. » J'avais souri ; j'avais bien tort. Cette phrase n'était encore, à ce stade, qu'un *programme* ; mais elle allait le mettre en application, point par point.

Un soir que Véronique était absente, j'ai avalé un flacon de Largactyl. Pris de panique, j'ai ensuite appelé les pompiers. Il a fallu m'emmener en urgence à l'hôpital, me faire un lavage d'estomac, etc. Bref, j'ai bien failli y passer. Cette salope (comment la qualifier autrement ?) n'est même pas venue me voir à l'hôpital. Lors de mon retour « à la maison », si l'on peut dire, tout ce qu'elle a trouvé comme mots de bienvenue c'est que j'étais un égoïste doublé d'un minable ; son interprétation de l'événement, c'est que je m'ingéniais à lui causer des soucis supplémentaires, elle « qui avait déjà assez à faire avec ses problèmes de boulot ». L'ignoble garce a même ajouté que je tentais de me livrer à un « chantage affectif » ; quand j'y pense, je regrette de ne pas lui avoir tailladé les ovaires. Enfin, c'est du passé.

Je revois aussi la soirée où elle avait appelé les flics pour me virer de chez elle. Pourquoi, « chez elle » ? Parce que l'appartement était à son nom, et qu'elle payait le loyer plus souvent que moi. Voilà bien le premier effet de la psychanalyse : développer chez ses victimes une avarice et une mesquinerie ridicules, presque incroyables. Inutile d'essayer d'aller au café avec quelqu'un qui suit une analyse : inévitablement il se met à discuter les détails de l'addition, et ça finit par des problèmes avec le garçon. Bref ces trois gros cons de flics étaient là, avec leurs talkies-walkies et leurs airs de connaître la vie mieux que personne. J'étais en pyjama et je tremblais de froid ; sous la nappe, mes mains serraient les pieds de la table ; j'étais bien décidé à les obliger à m'emmener de force. Pendant ce temps, l'autre pétasse leur montrait des quittances de loyer afin d'établir ses droits sur les lieux ; elle attendait probablement qu'ils sortent leurs matraques. Le soir même, elle avait eu une « séance » ; toutes ses réserves de bassesse et d'égoïsme étaient reconstituées ; mais je n'ai pas cédé, j'ai réclamé un complément d'enquête, et ces stupides policiers ont dû quitter les lieux. Du reste, je suis parti pour de bon le lendemain.

La Résidence des Boucaniers

> « *Tout d'un coup, il m'est devenu indifférent de ne pas être moderne.* »
>
> Roland BARTHES

Tôt le samedi matin je trouve un taxi place de la Gare, qui accepte de me conduire aux Sables-d'Olonne.

En sortant de la ville nous traversons des nappes de brouillard successives, puis, le dernier croisement franchi, nous plongeons dans un lac de brume opaque, absolu. La route et le paysage sont complètement noyés. On ne distingue rien, sinon de temps à autre un arbre ou une vache qui émergent de manière temporaire, indécise. C'est très beau.

En arrivant au bord de la mer le temps se dégage brusquement, d'un seul coup. Il y a du vent, beaucoup de vent, mais le ciel est presque bleu ; des nuages se déplacent rapidement vers l'est. Je m'extrais de la 504 après avoir donné un pourboire au chauffeur, ce qui me vaut un « Bonne journée », lâché un peu à regret, il me semble. Il s'imagine sans doute que je vais pêcher des crabes, quelque chose dans ce genre.

Dans un premier temps, je me promène en effet le long de la plage. La mer est grise, plutôt agitée.

Je ne ressens rien de particulier. Je marche long-temps.

Vers onze heures des gens commencent à sortir, avec des enfants et des chiens. J'oblique dans la direction opposée.

À l'extrémité de la plage des Sables-d'Olonne, dans le prolongement de la jetée qui ferme le port, il y a quelques vieilles maisons et une église romane. Rien de bien spectaculaire : ce sont des constructions en pierres robustes, grossières, faites pour résister aux tempêtes, et qui résistent aux tempêtes, depuis des centaines d'années. On imagine très bien l'ancienne vie des pêcheurs sablais, avec les messes du dimanche dans la petite église, la communion des fidèles, quand le vent souffle au-dehors et que l'océan s'écrase contre les rochers de la côte. C'était une vie sans distractions et sans histoires, dominée par un labeur difficile et dangereux. Une vie simple et rustique, avec beaucoup de noblesse. Une vie assez stupide, également.

À quelques pas de ces maisons il y a des résidences modernes, blanches, destinées aux vacanciers. Cela forme tout un ensemble d'immeubles, d'une hauteur de dix à vingt étages. Ces immeubles sont disposés sur une esplanade à plusieurs niveaux, le niveau inférieur étant aménagé en parking. J'ai longtemps marché d'un immeuble à l'autre, ce qui me permet d'affirmer que la plupart des appartements doivent avoir vue sur la mer, grâce à différentes astuces architecturales. En cette saison tout était désert, et les sifflements du vent s'engouffrant entre les structures de béton avaient quelque chose de nettement sinistre.

Je me suis ensuite dirigé vers une résidence plus récente et plus luxueuse, située cette fois tout près de la mer, vraiment à quelques mètres. Elle portait le nom de « Résidence des Boucaniers ». Le rez-de-chaussée était constitué par un supermarché, une pizzeria et une discothèque ; tous trois fermés. Une pancarte invitait à la visite de l'appartement témoin.

Un sentiment déplaisant a cette fois commencé de m'envahir. Imaginer une famille de vacanciers rentrant dans leur Résidence des Boucaniers avant d'aller bouffer leur escalope sauce pirate et que leur plus jeune fille aille se faire sauter dans une boîte du style « Au vieux cap-hornier », ça devenait un peu agaçant ; mais je n'y pouvais rien.

Un peu plus tard, j'ai eu faim. Près de l'étalage d'un marchand de gaufres, j'ai sympathisé avec un dentiste. Enfin, sympathiser est beaucoup dire ; disons que nous avons échangé quelques mots en attendant le retour du vendeur. Je ne sais pas pourquoi il a cru bon de m'informer qu'il était dentiste. En général, je déteste les dentistes ; je les tiens pour des créatures foncièrement vénales dont le seul but dans la vie est d'arracher le plus de dents possible afin de s'acheter des Mercedes à toit ouvrant. Et celui-là n'avait pas l'air de faire exception à la règle.

Un peu absurdement j'ai cru nécessaire de justifier ma présence, une fois de plus, et je lui ai raconté toute une histoire comme quoi j'avais l'intention d'acheter un appartement à la Résidence des Boucaniers. Son intérêt a aussitôt été éveillé, sa gaufre à la main il a longuement pesé le pour et le contre, avant de finalement conclure que l'investissement « lui paraissait valable ». J'aurais dû m'en douter.

L'Escale

« Ah, oui, avoir des valeurs !... »

De retour à La Roche-sur-Yon, j'ai acheté un couteau à steak à l'Unico ; je commençais à apercevoir l'ébauche d'un plan.

Le dimanche fut inexistant ; le lundi particulièrement morne. Je sentais, sans avoir besoin de le lui demander, que Tisserand avait passé un week-end infect ; ça ne m'étonnait nullement. Nous étions déjà le 22 décembre.

Le lendemain soir, nous sommes allés manger dans une pizzeria. Le garçon avait effectivement l'air d'un Italien ; on le devinait velu et charmeur ; il me dégoûtait profondément. D'ailleurs il déposa nos spaghettis respectifs à la hâte, sans réelle attention. Ah, si nous avions porté des jupes fendues, ç'aurait été autre chose !...

Tisserand avalait de grands verres de vin ; j'évoquais différentes tendances de la musique de danse contemporaine. Il ne répondait pas ; je crois en fait qu'il n'écoutait même pas. Cependant, lorsque je décrivis d'une phrase l'antique alternance rocks-slows, pour souligner le caractère rigide qu'elle avait su donner aux procédures de séduction, son intérêt se ralluma (avait-il déjà eu, à titre personnel, l'occasion de danser un slow ? cela n'avait rien de certain). Je passai à l'attaque :

« Je suppose que tu fais quelque chose pour Noël. En famille, probablement...

– On ne fait rien à Noël. Je suis juif », m'apprit-il avec une pointe d'orgueil. « Enfin, mes parents sont juifs », précisa-t-il plus sobrement.

Cette révélation me désarçonna quelques secondes. Mais après tout, juif ou pas juif, est-ce que ça changeait quelque chose ? Si oui, j'étais bien incapable de voir quoi. Je poursuivis.

« Si on faisait quelque chose la nuit du 24 ? Je connais une boîte aux Sables, *L'Escale*. Très sympa... »

J'avais l'impression que mes mots sonnaient faux ; j'avais honte. Mais Tisserand n'était plus en état de prêter attention à de telles subtilités. « Tu crois qu'il y aura du monde ? J'ai l'impression que le 24 c'est plutôt famille-famille... », telle fut sa pauvre, sa pathétique objection. Je concédai que bien entendu le 31 aurait été très supérieur : « Les filles aiment bien *coucher* le 31 », affirmai-je avec autorité. Mais le 24, pour cela, n'était pas à négliger : « Les filles mangent des huîtres avec les parents et la grand-mère, elles reçoivent leurs cadeaux ; mais à partir de minuit elles sortent en boîte. » Je m'animais, je croyais à mon propre récit ; Tisserand s'avéra, comme je l'avais prévu, facile à convaincre.

Le lendemain soir, il mit trois heures à se préparer. Je l'attendis en jouant aux dominos, seul, dans le hall de l'hôtel ; je jouais la main des deux adversaires à la fois ; c'était très ennuyeux ; j'étais un peu angoissé, cependant.

Il apparut vêtu d'un costume noir et d'une cravate dorée ; ses cheveux avaient dû lui demander beaucoup de travail ; on fabrique des gels, maintenant, qui donnent des résultats surprenants. Un costume noir, finalement, c'est encore ce qui lui allait le mieux ; pauvre garçon.

Il nous restait à peu près une heure à tuer ; hors de question d'aller en boîte avant vingt-trois heures trente, sur ce point j'étais formel. Après une discussion rapide, nous sommes allés faire un tour à la messe de minuit : le prêtre parlait d'une immense espérance qui s'était levée au cœur des hommes ; je n'avais rien à objecter à cela. Tisserand s'ennuyait, pensait à autre chose ; je commençais à me sentir un peu dégoûté, mais il me fallait tenir bon. J'avais placé le couteau à steak dans un sac plastique, à l'avant de la voiture.

J'ai retrouvé *L'Escale* sans difficulté ; il faut dire que j'y avais passé de bien mauvaises soirées. Cela remontait déjà à plus de dix ans ; mais les mauvais souvenirs s'effacent moins vite qu'on le croit.

La boîte était à moitié pleine : surtout des quinze-vingt ans, ce qui anéantissait d'emblée les modestes chances de Tisserand. Beaucoup de mini-jupes, de bustiers échancrés ; bref, de la chair fraîche. Je vis ses yeux s'exorbiter brutalement en parcourant la piste de danse ; je partis commander un bourbon au bar. À mon retour il se tenait déjà, hésitant, à la lisière de la nébuleuse des danseurs. Je murmurai vaguement : « Je te rejoins tout à l'heure... » et me dirigeai vers une table qui, par sa position légèrement en surplomb, m'offrirait une excellente vision du théâtre des opérations.

Tisserand parut d'abord s'intéresser à une brunette d'une vingtaine d'années, vraisemblablement une secrétaire. J'étais assez tenté d'approuver son

111

choix. D'une part la fille n'était pas d'une beauté exceptionnelle, et serait sans doute peu courtisée ; ses seins, certes de bonne taille, étaient déjà un peu tombants, et ses fesses paraissaient molles ; dans quelques années, on le sentait, tout cela s'affaisserait complètement. D'autre part son habillement, d'une grande audace, soulignait sans ambiguïté son intention de trouver un partenaire sexuel : en taffetas léger, sa robe virevoltait à chaque mouvement, découvrant un porte-jarretelles et un string minuscule en dentelle noire, qui laissait le fessier entièrement nu. Enfin son visage sérieux, même un peu obstiné, semblait indiquer un caractère prudent ; voilà une fille qui devait certainement avoir des préservatifs dans son sac.

Pendant quelques minutes Tisserand dansa non loin d'elle, lançant vivement les bras en avant pour indiquer l'enthousiasme que lui communiquait la musique. À deux ou trois reprises il tapa même dans ses mains ; mais la fille ne semblait nullement le remarquer. À la faveur d'un léger blanc musical, il prit donc l'initiative de lui adresser la parole. Elle se retourna, lui jeta un regard méprisant et traversa la piste de part en part pour s'éloigner de lui. C'était sans appel.

Tout se passait comme prévu. Je partis commander un deuxième bourbon au bar.

À mon retour, je sentis que quelque chose venait de basculer. Une fille était assise à la table voisine de la mienne, seule. Elle était beaucoup plus jeune que Véronique, elle pouvait avoir dix-sept ans ; n'empêche qu'elle lui ressemblait horriblement. Sa robe très simple, plutôt ample, en tissu beige, ne soulignait pas vraiment les formes de son corps ; celles-ci n'en avaient nullement besoin. Les hanches larges, les fesses fermes et lisses ; la souplesse de la taille qui conduit les mains jusqu'à deux seins ronds, amples et doux ; les mains qui se posent avec confiance sur la taille, épousant la noble rotondité des hanches. Je connaissais tout cela ; il me suffisait de fermer les yeux pour m'en souvenir. Jusqu'au visage, plein et candide, exprimant la calme séduction de la femme naturelle, sûre de sa beauté. La calme sérénité de la jeune pouliche, encore enjouée, prompte à essayer ses membres dans un galop rapide. La calme tranquillité d'Ève, amoureuse de sa propre nudité, se connaissant comme évidemment, éternellement désirable. Je me suis rendu compte que deux années de séparation n'avaient rien effacé ; j'ai vidé mon bourbon d'un trait. C'est ce moment que Tisserand a choisi pour revenir ; il transpirait légèrement. Il m'a adressé la parole ; je crois qu'il souhaitait savoir si j'avais l'intention de tenter quelque chose avec la fille. Je n'ai rien répondu ; je commençais à avoir envie de vomir, et je bandais ; ça n'allait plus du tout. J'ai dit : « Excuse-moi un instant... » et j'ai traversé la discothèque en direction des toilettes. Une fois enfermé j'ai mis deux doigts dans ma gorge, mais la quantité de vomissures s'est avérée faible et décevante. Puis je me suis masturbé, avec un meilleur succès : au début je pensais un peu à Véronique, bien sûr, mais je me suis concentré sur les vagins en général, et ça s'est calmé. L'éjaculation survint au bout de deux minutes ; elle m'apporta confiance et certitude.

En revenant, je vis que Tisserand avait engagé la conversation avec la pseudo-Véronique ; elle le regardait avec calme et sans dégoût. Cette jeune fille était une merveille, j'en avais la certitude intime ; mais ce n'était pas grave, j'étais masturbé.

Du point de vue amoureux Véronique appartenait, comme nous tous, à une *génération sacrifiée*. Elle avait certainement été capable d'amour ; elle aurait souhaité en être encore capable, je lui rends ce témoignage ; mais cela n'était plus possible. Phénomène rare, artificiel et tardif, l'amour ne peut s'épanouir que dans des conditions mentales spéciales, rarement réunies, en tous points opposées à la liberté de mœurs qui caractérise l'époque moderne. Véronique avait connu trop de discothèques et d'amants ; un tel mode de vie appauvrit l'être humain, lui infligeant des dommages parfois graves et toujours irréversibles. L'amour comme innocence et comme capacité d'illusion, comme aptitude à résumer l'ensemble de l'autre sexe à un seul être aimé, résiste rarement à une année de vagabondage sexuel, jamais à deux. En réalité, les expériences sexuelles successives accumulées au cours de l'adolescence minent et détruisent rapidement toute possibilité de projection d'ordre sentimental et romanesque ; progressivement, et en fait assez vite, on devient aussi capable d'amour qu'un vieux torchon. Et on mène ensuite, évidemment, une vie de torchon ; en vieillissant on devient moins séduisant, et de ce fait amer. On jalouse les jeunes, et de ce fait on les hait. Cette haine, condamnée à rester inavouable, s'envenime et devient de plus en plus ardente ; puis elle s'amortit et s'éteint, comme tout s'éteint. Il ne reste plus que l'amertume et le dégoût, la maladie et l'attente de la mort.

Au bar, j'ai réussi à négocier avec le garçon une bouteille de bourbon pour sept cents francs. En me retournant, j'ai heurté un jeune électricien de deux mètres. Il m'a dit : « Ho ! ça a pas l'air d'aller » d'un ton plutôt amical ; j'ai répondu : « Le doux miel de l'humaine tendresse... » en le regardant par en dessous. Dans la glace, j'ai aperçu mon visage ; il était traversé par un rictus nettement déplaisant. L'électricien a secoué la tête avec résignation ; j'ai entamé la traversée de la piste de danse, ma bouteille à la main ; juste avant d'arriver à destination j'ai trébuché dans une caissière et je me suis affalé. Personne ne m'a relevé. Je voyais les jambes des danseurs qui s'agitaient au-dessus de moi ; j'avais envie de les trancher à la hache. Les éclairages étaient d'une violence insoutenable ; j'étais en enfer.

Un groupe de garçons et de filles s'était assis à notre table ; sans doute des camarades de classe de la pseudo-Véronique. Tisserand ne lâchait pas prise, mais il commençait à être un peu dépassé ; il se laissait progressivement évincer du champ de la conversation, la chose n'était que trop visible ; et quand un des garçons proposa de payer une tournée au bar il était déjà implicitement exclu. Il esquissa pourtant le geste de se lever, il tenta de capter le regard de la pseudo-Véronique ; en vain. Se ravisant, il se laissa brutalement retomber sur la banquette ; complètement tassé sur lui-même, il ne se rendait même plus compte de ma présence ; je me suis resservi un verre.

L'immobilité de Tisserand dura un peu plus d'une minute ; puis un sursaut se produisit, sans doute imputable à ce qu'il est convenu d'appeler « l'énergie du désespoir ». Se relevant brutalement, il me frôla presque en se dirigeant vers la piste de danse ; son visage était souriant et déterminé ; il était toujours aussi laid, cependant.

Sans hésiter, il se planta devant une minette de quinze ans, blonde et très sexy. Elle portait une robe courte et très mince, d'un blanc immaculé ; la transpiration l'avait plaquée contre son corps, et visiblement elle n'avait rien en dessous ; ses petites fesses rondes étaient moulées avec une précision parfaite ; on distinguait nettement, tendues par l'excitation, les aréoles brunes de ses seins ; le disc-jockey venait d'annoncer un quart d'heure rétro.

Tisserand l'invita à danser un rock ; un peu prise de court, elle accepta. Dès les premières mesures de *Come on everybody,* je sentis qu'il commençait à déraper. Il balançait la fille avec brutalité, sans desserrer les dents, l'air mauvais ; chaque fois qu'il la ramenait vers lui il en profitait pour lui plaquer la main sur les fesses. Aussitôt les dernières notes jouées, la minette se précipita vers un groupe de filles de son âge. Tisserand restait au milieu de la piste, l'air buté ; il bavait légèrement. La fille le désignait en parlant à ses copines ; elles pouffaient de rire en le regardant.

À ce moment, la pseudo-Véronique revint du bar avec son groupe d'amis ; elle était en grande conversation avec un jeune Noir, ou plutôt un métis. Il était un peu plus âgé qu'elle ; j'estimai qu'il pouvait avoir vingt ans. Ils vinrent s'asseoir près de notre table ; au passage, je fis à la pseudo-Véronique un petit signe de main amical. Elle me regarda avec surprise, mais ne réagit pas.

Après le deuxième rock, le disc-jockey enchaîna un slow. C'était *Le Sud*, de Nino Ferrer ; un slow magnifique, il faut en convenir. Le métis toucha légèrement l'épaule de la pseudo-Véronique ; d'un commun accord, ils se levèrent. À ce moment, Tisserand se retourna et lui fit face. Il ouvrit les mains, il ouvrit la bouche, mais je ne crois pas qu'il ait eu le temps de parler. Le métis l'écarta calmement, avec douceur, et en quelques secondes ils furent sur la piste de danse.

116

Ils formaient un couple magnifique. La pseudo-Véronique était assez grande, peut-être un mètre soixante-dix, mais il la dépassait d'une tête. Elle blottit son corps, avec confiance, dans celui du type. Tisserand se rassit à mes côtés ; il tremblait de tous ses membres. Il regardait le couple, hypnotisé. J'attendis environ une minute ; ce slow, je m'en souvenais, était interminable. Puis je lui secouai doucement l'épaule en répétant : « Raphaël... »

« Qu'est-ce que je peux faire ? demanda-t-il.

– Va te branler.

– Tu crois que c'est foutu ?

– Bien entendu. C'est foutu depuis longtemps, depuis l'origine. Tu ne représenteras jamais, Raphaël, un rêve érotique de jeune fille. Il faut en prendre ton parti ; de telles choses ne sont pas pour toi. De toute façon, il est déjà trop tard. L'insuccès sexuel, Raphaël, que tu as connu depuis ton adolescence, la frustration qui te poursuit depuis l'âge de treize ans laisseront en toi une trace ineffaçable. À supposer même que tu puisses dorénavant avoir des femmes — ce que, très franchement, je ne crois pas — cela ne suffira pas ; plus rien ne suffira jamais. Tu resteras toujours orphelin de ces amours adolescentes que tu n'as pas connues. En toi, la blessure est déjà douloureuse ; elle le deviendra de plus en plus. Une amertume atroce, sans rémission, finira par emplir ton cœur. Il n'y aura pour toi ni rédemption, ni délivrance. C'est ainsi. Mais cela ne veut pas dire, pour autant, que toute possibilité de revanche te soit interdite. Ces femmes que tu désires tant tu peux, toi aussi, les posséder. Tu peux même posséder ce qu'il y a de plus précieux en elles. Qu'y a-t-il, Raphaël, de plus précieux en elles ?

– Leur beauté ?... hasarda-t-il.

– Ce n'est pas leur beauté, sur ce point je te détrompe ; ce n'est pas davantage leur vagin, ni même leur amour ; car tout cela disparaît avec la vie. Et tu peux, dès à présent, posséder leur vie. Lance-toi dès ce soir dans la carrière du meurtre ; crois-moi, mon ami, c'est la seule chance qu'il te reste. Lorsque tu sentiras ces femmes trembler au bout de ton couteau, et supplier pour leur jeunesse, là tu seras vraiment le maître ; là tu les posséderas, corps et âme. Peut-être même pourras-tu, avant leur sacrifice, obtenir d'elles quelques savoureuses gâteries ; un couteau, Raphaël, est un allié considérable. »

Il fixait toujours le couple qui s'enlaçait en tournant lentement sur la piste ; une main de la pseudo-Véronique serrait la taille du métis, l'autre était posée sur ses épaules. Doucement, presque timidement, il me dit : « Je préférerais tuer le type... » ; je sentis alors que j'avais gagné ; je me détendis brusquement, et je remplis nos verres.

« Eh bien ! » m'exclamai-je, « qu'est-ce qui t'en empêche ?... Mais oui ! fais-toi donc la main sur un jeune nègre !... De toute manière ils vont repartir ensemble, la chose semble acquise. Il te faudra bien sûr tuer le type, avant d'accéder au corps de la femme. Du reste, j'ai un couteau à l'avant de la voiture. »

Dix minutes plus tard, ils partirent effectivement ensemble. Je me levai, attrapant la bouteille au passage ; Tisserand me suivit docilement.

Dehors la nuit était étrangement douce, presque chaude. Il y eut un bref conciliabule sur le parking entre la fille et le nègre ; ils se dirigèrent vers un scooter. Je m'installai à l'avant de la voiture, sortis le couteau de son sac ; ses dentelures luisaient joliment sous la lune. Avant de monter sur le scooter, ils s'embrassèrent longuement ; c'était beau et très tendre. À mes côtés, Tisserand tremblait sans arrêt ; j'avais l'impression de sentir le sperme pourri qui remontait dans son sexe. Jouant nerveusement avec les commandes, il déclencha un appel de phares ; la fille cligna des yeux. Ils se décidèrent alors à partir ; notre voiture démarra doucement derrière eux. Tisserand me demanda :

« Où est-ce qu'ils vont coucher ?

– Probablement chez les parents de la fille ; c'est le plus courant. Mais il faudra les arrêter avant. Dès qu'on sera sur une route secondaire, on foncera dans le scooter. Ils seront probablement un peu sonnés ; tu n'auras aucun mal à achever le type. »

La voiture filait souplement sur la route côtière ; devant, dans la lumière des phares, la fille enlaçait la taille de son compagnon. Après un temps de silence, je repris :

« On pourrait aussi leur rouler dessus, pour plus de sûreté.

– Ils n'ont pas l'air de se méfier du tout... » remarqua-t-il d'une voix rêveuse.

Brusquement le scooter obliqua sur la droite, dans un chemin qui conduisait à la mer. Ce n'était pas prévu, cela ; je dis à Tisserand de ralentir. Un peu plus loin, le couple stoppa ; j'observai que le type prenait le temps de mettre son antivol avant d'entraîner la fille vers les dunes.

La première rangée de dunes franchie, je compris mieux. La mer s'étendait à nos pieds, presque étale, formant une courbe immense ; la lumière de la lune à son plein jouait doucement à sa surface.

Le couple s'éloignait vers le sud, longeant la lisière des eaux. La température de l'air était de plus en plus douce, anormalement douce ; on se serait cru au mois de juin. Dans ces conditions, bien sûr, je comprenais : faire l'amour au bord de l'océan, sous la splendeur des étoiles ; je ne comprenais que trop bien ; c'est exactement ce que j'aurais fait à leur place. Je tendis le couteau à Tisserand ; il partit sans un mot.

Je suis retourné vers la voiture ; m'appuyant au capot, je me suis assis sur le sable. J'ai bu quelques gorgées de bourbon au goulot, puis je me suis mis au volant et j'ai avancé la voiture en direction de la mer. C'était un peu imprudent, mais le bruit du moteur lui-même me paraissait feutré, imperceptible ; la nuit était enveloppante et tendre. J'avais terriblement envie de rouler droit vers l'océan. L'absence de Tisserand se prolongeait.

Quand il revint, il ne dit pas un mot. Il tenait le long couteau dans sa main ; la lame luisait doucement ; je ne distinguais pas de taches de sang à sa surface. Soudainement, je me suis senti un peu triste. Enfin, il parla.

« Quand je suis arrivé, ils étaient entre deux dunes. Il avait déjà enlevé sa robe et son soutien-gorge. Ses seins étaient si beaux, si ronds sous la lune. Puis elle s'est retournée, elle est venue sur lui. Elle a déboutonné son pantalon. Quand elle a commencé à le sucer, je n'ai pas pu le supporter. »

Il se tut. J'attendis. Les eaux étaient immobiles comme un lac.

« Je me suis retourné, j'ai marché entre les dunes. J'aurais pu les tuer ; ils n'entendaient rien, ils ne faisaient aucune attention à moi. Je me suis masturbé. Je n'avais pas envie de les tuer ; le sang ne change rien.

– Le sang est partout.

– Je sais. Le sperme aussi est partout. Maintenant, j'en ai assez. Je rentre à Paris. »

Il ne m'a pas proposé de l'accompagner. Je me suis relevé, j'ai marché vers la mer. La bouteille de bourbon était presque vide ; j'ai avalé la dernière gorgée. Quand je me suis retourné, la plage était déserte ; je n'avais même pas entendu la voiture démarrer.

Je ne devais jamais revoir Tisserand ; il se tua en voiture cette nuit-là, au cours de son voyage de retour vers Paris. Il y avait beaucoup de brouillard aux approches d'Angers ; il roulait plein pot, comme d'habitude. Sa 205 GTI heurta de plein fouet un camion qui avait dérapé au milieu de la chaussée. Il mourut sur le coup, peu avant l'aube. Le lendemain était un jour de congé, pour fêter la naissance du Christ ; ce n'est que trois jours plus tard que sa famille prévint l'entreprise. L'enterrement avait déjà eu lieu, selon les rites ; ce qui coupa court à toute idée de couronne ou de délégation. On prononça quelques paroles sur la tristesse de cette mort et sur les difficultés de la conduite par temps de brouillard, on reprit le travail, et ce fut tout.

Au moins, me suis-je dit en apprenant sa mort, il se sera battu jusqu'au bout. Le club de jeunes, les vacances aux sports d'hiver... Au moins il n'aura pas abdiqué, il n'aura pas baissé les bras. Jusqu'au bout et malgré ses échecs successifs il aura cherché l'amour. Écrasé entre les tôles dans sa 205 GTI, sanglé dans son costume noir et sa cravate dorée, sur l'autoroute quasi déserte, je sais que dans son cœur il y avait encore la lutte, le désir et la volonté de la lutte.

TROISIÈME PARTIE

1

> *« Ah, oui, c'était au second degré !*
> *On respire... »*

Après le départ de Tisserand, j'ai mal dormi ; sans doute me suis-je masturbé. À mon réveil tout cela était gluant, le sable était humide et froid ; j'en avais franchement assez. Je regrettais que Tisserand n'ait pas tué le nègre ; le jour se levait.

J'étais à des kilomètres de tout lieu habité. Je me suis relevé, et je me suis remis en route. Que faire d'autre ? Mes cigarettes étaient détrempées, mais encore fumables.

De retour à Paris j'ai trouvé une lettre émanant de l'association d'anciens élèves de mon école d'ingénieurs ; elle me proposait d'acheter des bonnes bouteilles et du foie gras à un tarif exceptionnel pour les fêtes. Je me suis dit que le *mailing* avait été fait avec un retard insupportable.

Le lendemain, je ne suis pas allé travailler. Sans raison précise ; je n'avais simplement pas envie. Accroupi sur la moquette, j'ai feuilleté des catalogues de vente par correspondance. Dans une brochure éditée par les Galeries Lafayette j'ai trouvé une intéressante description d'êtres humains, sous le titre « *Les actuels* » :

« *Après une journée bien remplie, ils s'installent dans un profond canapé aux lignes sobres* (Steiner, Roset, Cinna). *Sur un air de jazz, ils apprécient le graphisme de leurs tapis Dhurries, la gaieté de leurs murs tapissés* (Patrick Frey). *Prêtes à partir pour un set endiablé, des serviettes de toilette les attendent dans la salle de bains* (Yves Saint-Laurent, Ted Lapidus). *Et c'est devant un dîner entre copains et dans leurs cuisines mises en scène par* Daniel Hechter *ou* Primrose Bordier *qu'ils referont le monde.* »

Vendredi et samedi, je n'ai pas fait grand-chose ; disons que j'ai médité, si on peut donner un nom à cela. Je me souviens d'avoir pensé au suicide, à sa paradoxale utilité. Plaçons un chimpanzé dans une cage trop petite, close par des croisillons de béton. L'animal deviendra fou furieux, se jettera contre les parois, s'arrachera les poils, s'infligera lui-même de cruelles morsures, et dans 73 % des cas il finira bel et bien par se tuer. Pratiquons maintenant une ouverture dans l'une des parois, que nous placerons vis-à-vis d'un précipice sans fond. Notre sympathique quadrumane de référence s'approchera du bord, il regardera vers le bas, il restera longtemps près du bord, il y reviendra plusieurs fois, mais généralement il ne basculera pas ; et en tout cas son énervement sera radicalement calmé.

Ma méditation sur les chimpanzés s'est prolongée tard dans la nuit de samedi à dimanche, et j'ai fini par jeter les bases d'une fiction animalière intitulée « *Dialogues d'un chimpanzé et d'une cigogne* », qui constituait en fait un pamphlet politique d'une rare violence. Fait prisonnier par une tribu de cigognes, le chimpanzé se montrait d'abord préoccupé, absent. Un matin, s'armant de courage, il demandait à rencontrer la cigogne la plus âgée. Aussitôt introduit devant elle, il levait vivement les bras au ciel avant de prononcer ce discours désespéré :

« De tous les systèmes économiques et sociaux, le capitalisme est sans conteste le plus naturel.

Ceci suffit déjà à indiquer qu'il devra être le pire. Une fois cette conclusion posée, il ne reste plus qu'à développer un appareil argumentaire opérationnel et non déviant, c'est-à-dire dont le fonctionnement mécanique permettra, à partir de faits introduits au hasard, la génération de multiples preuves venant renforcer la sentence préétablie, un peu comme des barres de graphite viennent renforcer la structure d'un réacteur nucléaire. C'est là une tâche aisée, digne d'un tout jeune singe ; néanmoins je m'en voudrais de la négliger.

Lors de la migration du flot spermatique vers le col de l'utérus, phénomène imposant, respectable et tout à fait capital pour la reproduction des espèces, on observe parfois le comportement aberrant de certains spermatozoïdes. Ils regardent en avant, ils regardent en arrière, parfois même ils nagent à contre-courant pendant de brèves secondes, et le frétillement accéléré de leur queue semble alors traduire comme une remise en question ontologique. S'ils ne compensent cette indécision surprenante par une particulière vélocité ils arrivent en général trop tard, et participent en conséquence rarement à la grande fête de la recombinaison génétique. Ainsi en était-il en août 1793 de Maximilien Robespierre emporté par le mouvement de l'histoire comme un cristal de calcédoine pris dans une avalanche en zone désertique, ou mieux encore comme une jeune cigogne aux ailes encore trop faibles, née par un hasard malencontreux juste avant l'approche de l'hiver, et qui éprouve bien des difficultés — la chose est compréhensible — à maintenir un cap correct lors de la traversée des jet-streams. Or les jet-streams se font, on le sait, particulièrement violents aux abords de l'Afrique ; mais je vais encore préciser ma pensée.

Le jour de son exécution, Maximilien Robespierre avait la mâchoire cassée. Elle était maintenue par un bandage. Juste avant de poser sa tête sous le couperet le bourreau a arraché son bandage ; Robespierre a poussé un hurlement de douleur, des flots de sang ont jailli de sa plaie, ses dents brisées se sont répandues sur le sol. Puis le bourreau a brandi le bandage à bout de bras, comme un trophée, pour le montrer à la foule massée autour de l'échafaud. Les gens riaient, lançaient des quolibets.

Généralement, à ce stade, les chroniqueurs ajoutent : "La Révolution était finie." C'est rigoureusement exact.

À ce moment précis où le bourreau a brandi son bandage dégouttant de sang sous les acclamations de la foule, je veux penser qu'il y a eu dans la tête de Robespierre autre chose que la souffrance. Autre chose que le sentiment d'échec. Un espoir ? Ou sans doute le sentiment qu'il avait fait ce qu'il devait faire. Maximilien Robespierre, je t'aime. »

La cigogne la plus âgée répondit simplement, d'une voix lente et terrible : « *Tat twam asi* ». Peu après, le chimpanzé était exécuté par la tribu de cigognes ; il mourait dans d'atroces souffrances, transpercé et émasculé par leurs becs pointus. Ayant remis en cause l'ordre du monde, le chimpanzé devait périr ; réellement, on pouvait le comprendre ; réellement, c'était ainsi.

Dimanche matin, je suis sorti un petit peu dans le quartier ; j'ai acheté un pain aux raisins. La journée était douce, mais un peu triste, comme souvent le dimanche à Paris, surtout quand on ne croit pas en Dieu.

2

Le lundi suivant je suis retourné à mon travail, un peu à tout hasard. Je savais que mon chef de service avait pris entre Noël et le Jour de l'an ; probablement pour faire du ski alpin. J'avais l'impression qu'il n'y aurait personne, que personne ne se sentirait le moindre rapport avec moi, et que ma journée se passerait à pianoter arbitrairement sur un clavier quelconque. Malheureusement, vers onze heures trente, un type m'identifie de justesse. Il se présente à moi comme un supérieur hiérarchique nouveau ; je n'ai aucune envie de mettre sa parole en doute. Il a l'air plus ou moins au courant de mes activités, quoique de manière assez floue. Aussi essaie-t-il d'engager le contact, de sympathiser ; je ne me prête nullement à ses avances.

À midi, un peu par désespoir, je suis allé manger avec un cadre commercial et une secrétaire de direction. J'envisageais de converser avec eux, mais l'occasion ne m'en fut pas donnée ; ils semblaient poursuivre un entretien très ancien :

« Pour mon autoradio, attaqua le cadre commercial, finalement, j'ai pris les enceintes à vingt watts. Dix watts ça me paraissait léger, et trente watts c'était vraiment plus cher. Au niveau de la voiture je trouve que c'est pas la peine.

– Personnellement, repartit la secrétaire, j'ai fait

127

monter quatre enceintes, deux à l'avant et deux à l'arrière. »

Le cadre commercial composa un sourire égrillard. Enfin c'était ça, tout continuait.

J'ai passé l'après-midi dans mon bureau, à faire différentes choses ; en fait, plus ou moins rien. De temps en temps je consultais mon agenda : nous étions le 29 décembre. Il fallait que je fasse quelque chose pour le 31. Les gens font quelque chose, pour le 31.

Dans la soirée je téléphone à SOS Amitié, mais c'est occupé, comme toujours en période de fêtes. Vers une heure du matin, je prends une boîte de petits pois et je la balance dans la glace de la salle de bains. Ça fait de jolis éclats. Je me coupe en les ramassant, et je commence à saigner. Ça me fait bien plaisir. C'est exactement ce que je voulais.

Le lendemain, dès huit heures, je suis à mon bureau. Mon nouveau supérieur hiérarchique est déjà là ; l'imbécile a-t-il dormi sur place ? Un brouillard sale, d'aspect déplaisant, flotte sur l'esplanade entre les tours. Les néons des bureaux dans lesquels les employés de la COMATEC passent pour faire le ménage s'allument et s'éteignent tour à tour, créant une impression de vie un peu ralentie. Le supérieur hiérarchique m'offre un café ; il n'a, semble-t-il, pas renoncé à faire ma conquête. Stupidement j'accepte, ce qui me vaut dans les minutes qui suivent de me voir confier une tâche plutôt délicate : la détection d'erreurs dans un *package* qui vient d'être vendu au ministère de l'Industrie. Il y a, paraît-il, des erreurs. J'y passe deux heures, et pour ce qui me concerne je n'en vois aucune ; il est vrai que je n'ai pas exactement la tête à ça.

Vers dix heures, nous apprenons la mort de Tisserand. Un appel de la famille, qu'une secrétaire répercute à l'ensemble du personnel. Nous recevrons, dit-elle, un faire-part ultérieurement. Je n'arrive pas tout à fait à y croire ; ça ressemble un peu trop à l'élément supplémentaire d'un cauchemar. Mais non : tout est vrai.

Un peu plus tard dans la matinée, je reçois un coup de téléphone de Catherine Lechardoy. Elle n'a rien de précis à me dire. « On se reverra peut-être... » émet-elle ; moi, ça m'étonnerait un peu.

Vers midi, je suis ressorti. Dans la librairie du parvis j'ai acheté la carte Michelin numéro 80 *(Rodez-Albi-Nîmes)*. Rentré dans mon bureau, je l'ai examinée avec soin. Vers dix-sept heures, une conclusion m'est apparue : je devais me rendre à Saint-Cirgues-en-Montagne. Le nom s'étalait, dans un isolement splendide, au milieu des forêts et des petits triangles figurant les sommets ; il n'y avait pas la moindre agglomération à trente kilomètres à la ronde. Je sentais que j'étais sur le point de faire une découverte essentielle ; qu'une révélation d'un ordre ultime m'attendait là-bas, entre le 31 décembre et le 1er janvier, à ce moment précis où l'année bascule. J'ai laissé un papier sur mon bureau : « Parti plus tôt en raison des grèves SNCF. » Après réflexion j'ai laissé un second papier indiquant, en caractères d'imprimerie : « JE SUIS MALADE. » Et je suis rentré chez moi, non sans difficultés : la grève RATP amorcée le matin s'était largement répandue ; il n'y avait plus de métros, juste quelques bus, un peu au hasard des lignes.

La gare de Lyon était pratiquement en état de siège ; des patrouilles de CRS découpaient des zones dans le hall d'entrée et circulaient le long des voies ; on disait que des commandos de grévistes « durs » avaient décidé d'empêcher tous les départs. Cependant le train s'est avéré presque vide, et le voyage tout à fait paisible.

À Lyon-Perrache, un impressionnant déploiement d'autocars s'organisait en direction de Morzine, La Clusaz, Courchevel, Val-d'Isère... Pour l'Ardèche, rien de semblable. J'ai pris un taxi pour la Part-Dieu, où j'ai passé un quart d'heure fastidieux à feuilleter un affichage électronique déréglé pour finalement découvrir qu'un car partait le lendemain à six heures quarante-cinq pour Aubenas ; il était minuit et demi. J'ai décidé de passer ces quelques heures dans la gare routière de Lyon Part-Dieu ; j'ai probablement eu tort. Au-dessus de la gare routière proprement dite s'étage une structure hypermoderne de verre et d'acier, à quatre ou cinq niveaux, reliés par des escalators nickelés qui se déclenchent à la moindre approche ; rien que des magasins de luxe (parfumerie, haute couture, gadgets...) aux vitrines absurdement agressives ; rien qui vende quoi que ce soit d'utile. Un peu partout des moniteurs vidéo qui diffusent des clips et de la pub ; et, bien entendu, un fond sonore permanent composé des derniers tubes du Top 50. Le bâtiment, la nuit, est envahi par une bande de zonards et de semi-clochards. Des créatures crasseuses et méchantes, brutales, parfaitement stupides, qui vivent dans le sang, la haine et leurs propres excréments. Ils s'agglutinent là, dans la nuit, comme de grosses mouches à merde, autour des vitrines de luxe désertes. Ils vont par bandes, la solitude dans ce milieu étant quasiment fatale. Ils restent devant les moniteurs vidéo, absorbant sans réaction les images de pub. Parfois ils se querellent, sortent leurs couteaux. De temps en temps on en retrouve un mort le matin, égorgé par ses congénères.

Toute la nuit, j'ai erré entre les créatures. Je n'avais absolument pas peur. Un peu par provocation j'ai même ostensiblement retiré, dans un distributeur de billets, tout ce qui restait d'argent sur ma carte bleue. Mille quatre cents francs en liquide. Une jolie proie. Ils m'ont regardé, ils m'ont longuement regardé, mais aucun n'a tenté de me parler, ni même de m'approcher à moins de trois mètres.

Vers six heures du matin, j'ai renoncé à mon projet ; j'ai repris un TGV dans l'après-midi.

La nuit du 31 décembre sera difficile. Je sens des choses qui se brisent en moi, comme des parois de verre qui éclatent. Je marche de part et d'autre en proie à la fureur, au besoin d'agir, mais je ne peux rien faire car toutes les tentatives me paraissent ratées d'avance. Échec, partout l'échec. Seul le suicide miroite au-dessus, inaccessible.

Vers minuit, je ressens comme une bifurcation sourde ; quelque chose de douloureux et d'interne se produit. Je n'y comprends plus rien.

Nette amélioration le 1ᵉʳ janvier. Mon état se rapproche de l'hébétude ; ce n'est pas si mal.

Dans l'après-midi, je prends rendez-vous avec un psychiatre. Il y a un système de rendez-vous psychiatriques urgents par Minitel : vous tapez votre créneau horaire, ils vous fournissent le praticien. Très pratique.

Le mien s'appelle le docteur Népote. Il habite dans le sixième arrondissement ; comme beaucoup de psychiatres, j'ai l'impression. J'arrive chez lui à 19 h 30. L'individu a une tête de psychiatre à un point hallucinant. Sa bibliothèque est impeccablement rangée, il n'y a ni masque africain ni édition originale de *Sexus* ; ce n'est donc pas un psychanalyste. Par contre, il semble abonné à *Synapse*. Tout cela me paraît d'excellent augure.

L'épisode du voyage manqué dans l'Ardèche semble l'intéresser. En creusant un peu, il réussit à me faire avouer que mes parents étaient d'origine ardéchoise. Le voilà lancé sur une piste : d'après lui, je suis en quête de « repères d'identité ». Tous mes déplacements, généralise-t-il avec audace, sont autant de « quêtes d'identité ». C'est possible ; j'en doute un peu, cependant. Mes déplacements professionnels, par exemple, me sont à l'évidence imposés. Mais je ne veux pas discuter. Il a une théorie, c'est bien. C'est toujours mieux d'avoir une théorie, au bout du compte.

Bizarrement, ensuite, il m'interroge sur mon travail. Je ne comprends pas ; je n'arrive pas à accorder une réelle importance à sa question. L'enjeu, très évidemment, n'est pas là.

Il précise sa pensée en me parlant des « possibilités de rapports sociaux » offertes par le travail. J'éclate de rire, à sa légère surprise. Il me redonne rendez-vous pour lundi.

Le lendemain, je téléphone à mon entreprise pour annoncer que j'ai une « petite rechute ». Ils ont l'air de s'en foutre pas mal.

Week-end sans histoires ; je dors beaucoup. Ça m'étonne d'avoir seulement trente ans ; je me sens beaucoup plus vieux.

3

Le premier incident, le lundi suivant, se produisit vers quatorze heures. J'ai vu arriver le type d'assez loin, je me suis senti un peu triste. C'était quelqu'un que j'aimais bien, un type gentil, assez malheureux. Je savais qu'il était divorcé, qu'il vivait seul avec sa fille, depuis longtemps déjà. Je savais aussi qu'il buvait un peu trop. Je n'avais aucune envie de le mêler à tout ça.

Il s'est approché de moi, m'a dit bonjour et m'a demandé un renseignement sur un logiciel qu'apparemment je devais connaître. J'ai éclaté en sanglots. Il a aussitôt battu en retraite, interloqué, un peu effaré ; il s'est même excusé, je crois. Il n'avait vraiment pas besoin de s'excuser, le pauvre.

J'aurais évidemment dû partir dès ce moment ; nous étions seuls dans le bureau, il n'y avait pas eu de témoins, tout cela pouvait encore s'arranger de manière relativement décente.

Le second incident se produisit environ une heure plus tard. Cette fois, le bureau était plein de monde. Une fille est entrée, a jeté un regard désapprobateur sur l'assemblée et a finalement choisi de s'adresser à moi pour me dire que je fumais trop, que c'était insupportable, que je n'avais décidément aucun égard pour les autres. J'ai répliqué par une paire de claques. Elle m'a regardé, un peu interloquée elle aussi. Évidemment, elle n'était pas habituée ; je me doutais bien qu'elle n'avait pas dû recevoir suffisamment de claques dans sa jeunesse. Un instant je me suis demandé si elle n'allait pas me gifler en retour ; je savais que, si elle le faisait, j'éclaterais aussitôt en sanglots.

Un temps se passe, puis elle dit : « Ben... », sa mâchoire inférieure bêtement pendante. Tout le monde est tourné vers nous, maintenant. Un grand silence s'est installé dans le bureau. Je me retourne, je lance à la cantonade, d'une voix forte : « J'ai rendez-vous avec un psychiatre ! » et je sors. Mort d'un cadre.

C'est d'ailleurs vrai, j'ai rendez-vous avec le psychiatre, mais il me reste un peu plus de trois heures à attendre. Je les passerai dans un fast-food, à déchiqueter l'emballage carton de mon hamburger. Sans réelle méthode, si bien que le résultat s'est avéré décevant. Un déchiquetage pur et simple.

Une fois que j'ai raconté mes petites fantaisies au praticien, il me met en arrêt de travail pour une semaine. Il me demande même si je n'ai pas envie de faire un bref séjour en maison de repos. Je réponds que non, car j'ai peur des fous.

Une semaine plus tard, je retourne le voir. Je n'ai pas grand-chose à dire ; je prononce quelques phrases, cependant. Lisant à l'envers sur son carnet à spirales, je vois qu'il note : « Ralentissement idéatoire ». Ah ah. D'après lui, je serais donc en train de me transformer en imbécile. C'est une hypothèse.

De temps en temps il jette un regard sur son bracelet-montre (cuir fauve, cadran rectangulaire et doré) ; je n'ai pas l'impression de l'intéresser énormément. Je me demande s'il a un revolver dans son tiroir, pour les sujets en état de crise violente. Au bout d'une demi-heure il prononce quelques phrases de portée générale sur les périodes de passage à vide, prolonge mon arrêt de travail et augmente mes doses de médicaments. Il me révèle également que mon état a un nom : c'est une dépression. Officiellement, donc, je suis en dépression. La formule me paraît heureuse. Non que je me sente très bas ; c'est plutôt le monde autour de moi qui me paraît haut.

Le lendemain matin, je retourne à mon bureau ; c'est mon chef de service qui a souhaité me voir pour « faire le point ». Comme je m'y attendais, il est revenu extrêmement bronzé de son séjour à Val d'Isère ; mais je distingue quelques fines rides au coin de ses yeux ; il est un peu moins beau que dans mon souvenir. Je ne sais pas, je suis déçu.

D'emblée, je l'informe que je suis *en dépression* ; il accuse le coup, puis se reprend. Ensuite l'entretien ronronne agréablement pendant une demi-heure, mais je sais que dorénavant s'est élevé entre nous comme un mur invisible. Il ne me considérera plus jamais comme un égal, ni comme un successeur possible ; à ses yeux, je n'existe même plus vraiment ; je suis déchu. De toute façon je sais qu'ils vont me renvoyer, dès que mes deux mois légaux d'arrêt maladie seront épuisés ; c'est ce qu'ils font toujours, en cas de dépression ; j'ai eu des exemples.

Dans le cadre de ces contraintes il se comporte assez bien, il me cherche des excuses. À un moment, il émet :

« Dans ce métier, nous sommes parfois soumis à des pressions terribles...

– Oh, pas tellement », réponds-je.

Il sursaute comme s'il se réveillait, met fin à la conversation. Il fera l'ultime effort de me raccompagner jusqu'à la porte, mais en maintenant une distance de sécurité de deux mètres, comme s'il craignait que tout à coup je lui vomisse dessus. « Eh bien reposez-vous, prenez le temps qu'il faudra », conclut-il.

Je sors. Me voici un homme libre.

4

La confession de Jean-Pierre Buvet

Les semaines suivantes m'ont laissé le souvenir d'un effondrement lent, entrecoupé de phases cruelles. À part le psychiatre, je ne voyais personne ; la nuit tombée, je sortais racheter des cigarettes et du pain de mie. Un samedi soir, cependant, je reçus un coup de téléphone de Jean-Pierre Buvet ; il semblait tendu.

« Alors ? Toujours curé ? dis-je pour dégeler l'atmosphère.

– Il faudrait que je te voie.

– Oui, on pourrait se voir...

– Maintenant, si tu peux. »

Je n'avais jamais mis les pieds chez lui ; je savais juste qu'il habitait Vitry. L'HLM, du reste, était bien tenue. Deux jeunes Arabes m'ont suivi du regard, l'un d'eux a craché par terre à mon passage. Au moins il ne m'avait pas craché à la gueule.

L'appartement était payé sur les fonds du diocèse, quelque chose de ce genre. Effondré devant son téléviseur, Buvet suivait *Sacrée soirée* d'un œil morne. Apparemment, il avait descendu pas mal de bières en m'attendant.

« Eh bien ? eh bien ? fis-je avec bonhomie.

– Je t'avais dit que Vitry n'est pas une paroisse

137

facile ; c'est encore pire que ce que tu peux imaginer. Depuis mon arrivée j'ai essayé de monter des groupes de jeunes ; aucun jeune n'est venu, jamais. Cela fait trois mois que je n'ai pas célébré un baptême. À la messe, je n'ai jamais réussi à dépasser cinq personnes : quatre Africaines et une vieille Bretonne ; je crois qu'elle avait quatre-vingt-deux ans ; c'était une ancienne employée des chemins de fer. Elle était veuve depuis déjà longtemps ; ses enfants ne venaient plus la voir, elle n'avait plus leur adresse. Un dimanche, je ne l'ai pas vue à la messe. Je suis passé chez elle, elle habite une ZUP, par là... (il fit un geste vague, sa canette de bière à la main, aspergeant la moquette de quelques gouttes). Ses voisins m'ont appris qu'elle venait de se faire agresser ; on l'avait transportée à l'hôpital, mais elle n'avait que des fractures légères. Je lui ai rendu visite : ses fractures mettraient du temps à se ressouder, bien sûr, mais il n'y avait aucun danger. Une semaine plus tard, quand je suis revenu, elle était morte. J'ai demandé des explications, les médecins ont refusé de m'en donner. Ils l'avaient déjà incinérée ; personne de la famille ne s'était déplacé. Je suis sûr qu'elle aurait souhaité un enterrement religieux ; elle ne me l'avait pas dit, elle ne parlait jamais de la mort ; mais je suis sûr que c'est ce qu'elle aurait souhaité. »

Il but une gorgée, puis continua :

« Trois jours plus tard, j'ai reçu la visite de Patricia. »

Il marqua une pause significative. Je jetai un regard sur l'écran télé, dont le son était coupé ; une chanteuse en string lamé noir semblait entourée de pythons, voire d'anacondas. Puis je reportai mon regard sur Buvet en essayant d'émettre une grimace de sympathie. Il reprit :

« Elle souhaitait se confesser, mais elle ne savait pas comment faire, elle ne connaissait pas la procédure. Patricia était infirmière dans le service où l'on avait transporté la vieille ; elle avait entendu les médecins parler entre eux. Ils n'avaient pas envie de la laisser occuper un lit pendant les mois nécessaires à son rétablissement ; ils disaient que c'était une charge inutile. Alors ils ont décidé de lui administrer un cocktail lytique ; c'est un mélange de tranquillisants fortement dosés qui procure une mort rapide et douce. Ils en ont discuté deux minutes, pas plus ; puis le chef de service est venu demander à Patricia d'effectuer l'injection. Elle l'a fait, la nuit même. C'est la première fois qu'elle pratiquait une euthanasie ; mais cela arrive fréquemment à ses collègues. Elle est morte très vite, dans son sommeil. Depuis, Patricia n'arrivait plus à dormir ; elle rêvait de la vieille.

– Qu'est-ce que tu as fait ?

– Je suis allé à l'archevêché ; ils étaient au courant. Dans cet hôpital, apparemment, on pratique beaucoup d'euthanasies. Il n'y a jamais eu de plaintes ; de toute façon, jusqu'à présent, tous les procès se sont terminés par des acquittements. »

Il se tut, finit sa bière d'un trait, décapsula une nouvelle bouteille ; puis, assez courageusement, il se lança :

« Pendant un mois, j'ai revu Patricia pratiquement toutes les nuits. Je ne sais pas ce qui m'a pris. Depuis le séminaire, je n'avais pas eu de tentations. Elle était tellement gentille, tellement naïve. Elle ne connaissait rien aux choses de la religion, elle était très curieuse de tout ça. Elle ne comprenait pas pourquoi les prêtres n'avaient pas le droit de faire l'amour ; elle se demandait s'ils avaient une vie sexuelle, s'ils se masturbaient. Je répondais à toutes ses questions, je n'éprouvais aucune gêne. Je priais beaucoup pendant cette période, je relisais constamment les Évangiles ; je n'avais pas l'impression de faire quoi que ce soit de mal ; je sentais que le Christ me comprenait, qu'il était avec moi. »

Il se tut à nouveau. Sur l'écran télé, il y avait maintenant une publicité pour la Renault Clio ; la voiture semblait très logeable.

« Lundi dernier, Patricia m'a annoncé qu'elle avait rencontré un autre garçon. Dans une discothèque, le Métropolis. Elle m'a dit qu'on ne se reverrait plus, mais qu'elle était contente de m'avoir connu ; elle aimait bien changer de garçon ; elle n'avait que vingt ans. Au fond elle m'aimait bien, sans plus ; c'était surtout l'idée de coucher avec un curé qui l'excitait, qu'elle trouvait marrante ; mais elle ne dirait rien à personne, c'était promis. »

Cette fois, le silence dura deux bonnes minutes. Je me demandais ce qu'un psychologue aurait dit à ma place ; probablement rien. Finalement, une idée saugrenue me vint :

« Tu devrais te confesser.

— Demain, il va falloir que je dise la messe. Je ne vais pas y arriver. Je ne pense pas pouvoir y arriver. Je ne sens plus la présence.

— Quelle présence ? »

Ensuite, nous n'avons pas dit grand-chose. De temps en temps je prononçais des phrases du genre : « Allons, allons... » ; il continuait, assez régulièrement, à descendre des bières. À l'évidence, je ne pouvais rien pour lui. Finalement, j'ai appelé un taxi.

Au moment où je franchis le seuil, il me dit : « Au revoir... » Je n'y crois pas du tout ; j'ai nettement l'impression qu'on ne se reverra jamais.

Chez moi, il fait froid. Je me souviens que plus tôt dans la soirée, juste avant de partir, j'ai cassé une vitre d'un coup de poing. Pourtant, bizarrement, ma main est intacte ; aucune coupure.

Je me couche quand même, et je dors. Les cauchemars n'arriveront que plus tard dans la nuit. D'abord pas reconnaissables en tant que cauchemars ; même plutôt agréables.

Je plane au-dessus de la cathédrale de Chartres. J'ai une vision mystique au sujet de la cathédrale de Chartres. Elle semble contenir et représenter un secret — un secret ultime. Pendant ce temps des groupes de religieuses se forment dans les jardins, près des entrées latérales. Elles accueillent des vieillards et même des agonisants, leur expliquant que je vais dévoiler un secret.

Cependant, je marche dans les couloirs d'un hôpital. Un homme m'a donné rendez-vous, mais il n'est pas là. Je dois attendre un moment dans un hangar frigorifique, puis j'accède à un nouveau couloir. Il n'est toujours pas là, celui qui pourrait me faire sortir de l'hôpital. Alors, j'assiste à une exposition. C'est Patrick Leroy, du ministère de l'Agriculture, qui a tout organisé. Il a découpé des têtes de personnages dans des journaux illustrés, il les a recollées sur des peintures quelconques (représentant, par exemple, la flore du Trias), et il vend ses petites figurines très cher. J'ai l'impression qu'il veut que je lui en achète une ; il a l'air content de lui et presque menaçant.

Puis, à nouveau, je survole la cathédrale de Chartres. Le froid est extrême. Je suis absolument seul. Mes ailes me portent bien.

Je m'approche des tours, mais je ne reconnais plus rien. Ces tours sont immenses, noires, maléfiques, elles sont faites de marbre noir qui renvoie des éclats durs, le marbre est incrusté de figurines violemment coloriées où éclatent les horreurs de la vie organique.

Je tombe, je tombe entre les tours. Mon visage qui va se fracasser se recouvre de lignes de sang qui marquent précisément les endroits de la rupture. Mon nez est un trou béant par lequel suppure la matière organique.

Et maintenant je suis dans la plaine champenoise, déserte. Il y a de petits flocons de neige qui volent de part et d'autre, avec des feuilles d'un journal illustré, imprimé en gros caractères agressifs. Le journal doit dater de 1900.

Suis-je reporter ou journaliste ? Il semblerait, car le style des articles m'est familier. Ils sont écrits sur ce ton de complainte cruelle cher aux anarchistes et aux surréalistes.

Octavie Léoncet, quatre-vingt-douze ans, a été retrouvée assassinée dans sa grange. Une petite ferme dans les Vosges. Sa sœur, Léontine Léoncet, quatre-vingt-sept ans, se fait un plaisir de montrer le cadavre aux journalistes. Les armes du crime sont là, bien visibles : une scie à bois et un vilebrequin. Tout cela taché de sang, bien sûr.

Et les crimes se multiplient. Toujours de vieilles femmes isolées dans leurs fermes. À chaque fois l'assassin, jeune et insaisissable, laisse ses outils de travail en évidence : parfois un burin, parfois une paire de sécateurs, parfois simplement une scie égoïne.

Et tout cela est magique, aventureux, libertaire.

Je me réveille. Il fait froid. Je replonge.

À chaque fois, devant ces outils tachés de sang, je ressens au détail près les souffrances de la victime.

Bientôt, je suis en érection. Il y a des ciseaux sur la table près de mon lit. L'idée s'impose : trancher mon sexe. Je m'imagine la paire de ciseaux à la main, la brève résistance des chairs, et soudain le moignon sanguinolent, l'évanouissement probable.

Le moignon, sur la moquette. Collé de sang.

Vers onze heures, je me réveille à nouveau. J'ai deux paires de ciseaux, une dans chaque pièce. Je les regroupe et je les place sous quelques livres. C'est un effort de la volonté, probablement insuffisant. L'envie persiste, grandit et se transforme. Cette fois mon projet est de prendre une paire de ciseaux, de les planter dans mes yeux et d'arracher. Plus précisément dans l'œil gauche, à un endroit que je connais bien, là où il apparaît si creux dans l'orbite.

Et puis je prends des calmants, et tout s'arrange. Tout s'arrange.

5

Vénus et Mars

À l'issue de cette nuit je crus bon de reconsidérer la proposition du docteur Népote, concernant le séjour en maison de repos. Il m'en félicita avec chaleur. Selon lui, je prenais ainsi le droit chemin vers un plein rétablissement. Le fait que l'initiative vienne de moi était hautement favorable ; je commençais à prendre en charge mon propre processus de guérison. C'était bien ; c'était même très bien.

Je me présentai donc à Rueil-Malmaison, muni de sa lettre introductive. Il y avait un parc, et les repas étaient pris en commun. À vrai dire, dans un premier temps, toute ingestion d'aliments solides me fut impossible ; je les vomissais aussitôt, avec des hoquets douloureux ; j'avais l'impression que mes dents allaient partir avec. Il fallut recourir aux perfusions.

D'origine colombienne, le médecin-chef me fut d'un faible secours. J'exposais, avec l'imperturbable sérieux des névrosés, des arguments péremptoires contre ma survie ; le moindre d'entre eux me paraissait susceptible d'entraîner un suicide immédiat. Il semblait écouter ; du moins il se taisait ; tout au plus étouffait-il parfois un léger bâillement. Ce n'est qu'au bout de plusieurs semaines que la vérité se fit jour à mes yeux : je parlais bas ; il n'avait de la langue française qu'une connaissance très approximative ; en réalité, il ne comprenait pas un mot à mes histoires.

Un peu plus âgée, d'origine sociale plus modeste, la psychologue qui l'assistait m'apporta au contraire une aide précieuse. Il est vrai qu'elle préparait une thèse sur l'angoisse, et bien entendu elle avait besoin d'éléments. Elle utilisait un magnétophone Radiola ; elle me demandait l'autorisation de le mettre en route. Naturellement, j'acceptais. J'aimais bien ses mains crevassées, ses ongles rongés, quand elle appuyait sur la touche *Record*. Pourtant j'ai toujours détesté les étudiantes en psychologie : des petites salopes, voilà ce que j'en pense. Mais cette femme plus âgée, qu'on imaginait plongée dans une lessiveuse, le visage entouré d'un turban, m'inspirait presque confiance.

Nos relations, pourtant, ne furent pas d'emblée faciles. Elle me reprochait de parler en termes trop généraux, trop sociologiques. Selon elle, ce n'était pas intéressant : je devais au contraire m'impliquer, essayer de me « recentrer sur moi-même ».

« Mais j'en ai un peu assez, de moi-même... objectais-je.

– En tant que psychologue je ne peux accepter un tel discours, ni le favoriser en aucune manière. En dissertant sur la société vous établissez une barrière derrière laquelle vous vous protégez ; c'est cette barrière qu'il m'appartient de détruire pour que nous puissions travailler sur vos problèmes personnels. »

Ce dialogue de sourds se poursuivit pendant un peu plus de deux mois. Je crois au fond qu'elle m'aimait bien. Je me souviens d'un matin, c'était déjà le début du printemps ; par la fenêtre on voyait les oiseaux sautiller sur la pelouse. Elle avait l'air fraîche, détendue. Il y eut d'abord une brève conversation sur mes doses de médicaments ; et puis d'une manière directe, spontanée, très inattendue, elle me demanda : « Au fond, pourquoi est-ce que vous êtes si malheureux ? » Tout cela était assez inhabituel ; cette franchise. Et je fis, moi aussi, quelque chose d'inhabituel : je lui tendis un petit texte que j'avais écrit la nuit précédente pour meubler mon insomnie.

« Je préférerais vous entendre... dit-elle.

– Lisez quand même. »

Elle était décidément de bonne humeur ; elle prit la feuille que je lui tendais, et lut les phrases suivantes :

« Certains êtres éprouvent très tôt une effrayante impossibilité à vivre par eux-mêmes ; au fond ils ne supportent pas de voir leur propre vie en face, et de la voir en entier, sans zones d'ombre, sans arrière-plans. Leur existence est j'en conviens une exception aux lois de la nature, non seulement parce que cette fracture d'inadaptation fondamentale se produit en dehors de toute finalité génétique mais aussi en raison de l'excessive lucidité qu'elle présuppose, lucidité évidemment transcendante aux schémas perceptifs de l'existence ordinaire. Il suffit parfois de placer un autre être en face d'eux, à condition de le supposer aussi pur, aussi transparent qu'eux-mêmes, pour que cette insoutenable fracture se résolve en une aspiration lumineuse, tendue et permanente vers l'absolument inaccessible. Ainsi, alors qu'un miroir ne renvoie jour après jour que la même désespérante image, deux miroirs parallèles élaborent et construisent un réseau net et dense qui entraîne l'œil humain dans une trajectoire infinie, sans limites, infinie dans sa pureté géométrale, au-delà des souffrances et du monde. »

J'ai relevé les yeux, je l'ai regardée. Elle avait l'air un peu étonnée. Finalement, elle hasarda : « C'est intéressant, le miroir... » Elle devait avoir lu quelque chose dans Freud, ou dans *Mickey-Parade*. Enfin elle faisait ce qu'elle pouvait, elle était gentille. S'enhardissant, elle ajouta :

« Mais je préférerais que vous me parliez directement de vos problèmes. Encore une fois, vous êtes trop dans l'abstrait.

– Peut-être. Mais je ne comprends pas, concrètement, comment les gens arrivent à vivre. J'ai l'impression que tout le monde devrait être malheureux ; vous comprenez, nous vivons dans un monde tellement simple. Il y a un système basé sur la domination, l'argent et la peur — un système plutôt masculin, appelons-le Mars ; il y a un système féminin basé sur la séduction et le sexe, appelons-le Vénus. Et c'est tout. Est-il vraiment possible de vivre et de croire qu'il n'y a rien d'autre ? Avec les réalistes de la fin du XIXe siècle, Maupassant a cru qu'il n'y avait rien d'autre ; et ceci l'a conduit jusqu'à la folie furieuse.

– Vous confondez tout. La folie de Maupassant n'est qu'un stade classique du développement de la syphilis. Tout être humain normal accepte les deux systèmes dont vous parlez.

– Non. Si Maupassant est devenu fou c'est qu'il avait une conscience aiguë de la matière, du néant et de la mort — et qu'il n'avait conscience de rien d'autre. Semblable en cela à nos contemporains, il établissait une séparation absolue entre son existence individuelle et le reste du monde. C'est la seule manière dont nous puissions penser le monde aujourd'hui. Par exemple, une balle de

Magnum 45 peut frôler mon visage et venir s'écraser sur le mur derrière moi ; je serai indemne. Dans le cas contraire, la balle fera exploser mes chairs, mes souffrances physiques seront considérables ; au bout du compte mon visage sera mutilé ; peut-être l'œil explosera-t-il lui aussi, auquel cas je serai mutilé et borgne ; dorénavant, j'inspirerai de la répugnance aux autres hommes. Plus généralement, nous sommes tous soumis au vieillissement et à la mort. Cette notion de vieillissement et de mort est insupportable à l'individu humain ; dans nos civilisations, souveraine et inconditionnée elle se développe, elle emplit progressivement le champ de la conscience, elle ne laisse rien subsister d'autre. Ainsi, peu à peu, s'établit la certitude de la limitation du monde. Le désir lui-même disparaît ; il ne reste que l'amertume, la jalousie et la peur. Surtout, il reste l'amertume ; une immense, une inconcevable amertume. Aucune civilisation, aucune époque n'ont été capables de développer chez leurs sujets une telle quantité d'amertume. De ce point de vue-là, nous vivons des moments sans précédent. S'il fallait résumer l'état mental contemporain par un mot, c'est sans aucun doute celui que je choisirais : l'amertume. »

Elle ne répondit d'abord rien, réfléchit quelques secondes, puis me demanda :

« À quand remontent vos derniers rapports sexuels ?

– Un peu plus de deux ans.

– Ah ! s'exclama-t-elle presque avec triomphe, vous voyez bien ! Dans ces conditions, comment est-ce que vous voulez aimer la vie ?...

– Est-ce que vous accepteriez de faire l'amour avec moi ? »

Elle se troubla, je crois même qu'elle rougit un

peu. Elle avait quarante ans, elle était maigre et assez usée ; mais ce matin-là elle m'apparaissait vraiment charmante. J'ai un souvenir très tendre de ce moment. Un peu malgré elle, elle souriait ; j'ai bien cru qu'elle allait dire oui. Mais finalement elle se reprit :

« Ce n'est pas mon rôle. En tant que psychologue, mon rôle est de vous remettre en état d'entamer des procédures de séduction afin que vous puissiez, de nouveau, avoir des relations normales avec des jeunes femmes. »

Pour les séances suivantes, elle se fit remplacer par un collègue masculin.

À peu près à la même époque, je commençai à m'intéresser à mes compagnons de misère. Il y avait peu de délirants, surtout des dépressifs et des angoissés ; je suppose que c'était fait exprès. Les gens qui connaissent ce genre d'états renoncent très vite à faire les malins. Dans l'ensemble ils restent couchés toute la journée avec leurs tranquillisants ; de temps en temps ils tournent dans le couloir, fument quatre ou cinq cigarettes à la file et retournent au lit. Les repas, cependant, constituaient un moment collectif ; l'infirmière de garde disait : « Servez-vous. » Aucune autre parole n'était prononcée ; chacun mastiquait sa nourriture. Parfois l'un des convives était pris d'une crise de tremblements, ou se mettait à pousser des gémissements ; il retournait alors dans sa chambre, et c'était tout. L'idée me vint peu à peu que tous ces gens — hommes ou femmes — n'étaient pas le moins du monde dérangés ; ils manquaient simplement d'amour. Leurs gestes, leurs attitudes, leurs mimiques trahissaient une soif déchirante de contacts physiques et de caresses ; mais, naturellement, cela n'était pas possible. Alors ils gémissaient, ils poussaient des cris, ils se déchiraient avec leurs ongles ; pendant mon séjour, nous avons eu une tentative réussie de castration.

Au fil des semaines grandissait en moi la conviction que j'étais là pour accomplir un plan préétabli — un peu comme, dans les Évangiles, le Christ accomplit ce qu'avaient annoncé les prophètes. En même temps se développait l'intuition que ce séjour n'était que le premier en date d'une succession d'internements de plus en plus longs, dans des établissements psychiatriques de plus en plus fermés et durs. Cette perspective m'attristait profondément.

Je revis la psychologue de temps à autre dans les couloirs, mais aucune véritable conversation ne se produisit ; nos relations avaient pris un tour assez formel. Son travail sur l'angoisse avançait, me dit-elle ; elle devait passer des examens en juin.

Sans doute est-ce qu'aujourd'hui je poursuis une vague existence dans une thèse de troisième cycle, au milieu d'autres cas concrets. Cette impression d'être devenu l'élément d'un dossier m'apaise. J'imagine le volume, sa reliure collée, sa couverture un peu triste ; doucement, je m'aplatis entre les pages ; je m'écrase.

Je sortis de la clinique un 26 mai ; je me souviens du soleil, de la chaleur, de l'ambiance de liberté dans les rues. C'était insupportable.

C'est également un 26 mai que j'avais été conçu, tard dans l'après-midi. Le coït avait pris place dans le salon, sur un tapis pseudo-pakistanais. Au moment où mon père prenait ma mère par-derrière elle avait eu l'idée malencontreuse de tendre la main pour lui caresser les testicules, si bien que l'éjaculation s'était produite. Elle avait éprouvé du plaisir, mais pas de véritable orgasme. Peu après, ils avaient mangé du poulet froid. Il y avait de cela trente-deux ans, maintenant ; à l'époque, on trouvait encore de vrais poulets.

Sur le sujet de ma vie après la sortie de clinique, je n'avais pas de consignes précises ; je devais juste me représenter, une fois par semaine. Pour le reste c'était, désormais, à moi de me prendre en charge.

6

Saint-Cirgues-en-Montagne

> « *Aussi paradoxal que cela puisse paraître, il y a un chemin à parcourir et il faut le parcourir, mais il n'y a pas de voyageur. Des actes sont accomplis, mais il n'y a pas d'acteur.* »
>
> Sattipathana-Sutta, XLII, 16

Le 20 juin de la même année, je me suis levé à six heures et j'ai allumé la radio, plus précisément Radio Nostalgie. Il y avait une chanson de Marcel Amont qui parlait d'un Mexicain basané : légère, insouciante, un peu bête ; exactement ce qu'il me fallait. Je me suis lavé en écoutant la radio, puis j'ai rassemblé quelques affaires. J'avais décidé de retourner à Saint-Cirgues-en-Montagne ; enfin, de réessayer.

Avant de partir, je termine tout ce qui reste à manger chez moi. C'est assez difficile, car je n'ai pas faim. Heureusement il n'y a pas grand-chose : quatre biscottes et une boîte de sardines à l'huile. Je ne vois pas pourquoi je fais ça, il est évident que ce sont des produits de longue conservation. Mais il y a déjà longtemps que le sens de mes actes a cessé de m'apparaître clairement ; disons, il ne m'apparaît plus très souvent. Le reste du temps, je suis plus ou moins *en position d'observateur*.

En pénétrant dans le compartiment, je me rends quand même compte que je suis en train de déjanter ; je n'en tiens pas compte, et je m'installe. À Langogne, je loue un vélo à la gare SNCF ; j'ai téléphoné à l'avance pour réserver, j'ai très bien organisé tout cela. Je monte donc sur ce vélo, et immédiatement je prends conscience de l'absurdité du projet : ça fait dix ans que je n'ai pas fait de vélo, Saint-Cirgues est à quarante kilomètres, la route pour y accéder est très montagneuse et je me sens à peine capable de parcourir deux kilomètres en terrain plat. J'ai perdu toute aptitude, et d'ailleurs tout goût, pour l'effort physique.

La route sera un supplice permanent, mais un peu abstrait, si l'on peut dire. La région est totalement déserte ; on s'enfonce, de plus en plus profond, dans les montagnes. Je souffre, j'ai dramatiquement présumé de mes forces physiques. Mais le but dernier de ce voyage ne m'apparaît plus très bien, il s'effrite lentement à mesure que je gravis ces côtes inutiles, toujours recommencées pourtant, sans même regarder le paysage.

En plein milieu d'une montée pénible, alors que je halète comme un canari asphyxié, j'aperçois une pancarte : « Attention. Tirs de mines. » Malgré tout, j'ai un peu de mal à y croire. Qui s'acharnerait, ainsi, sur moi ?

L'explication m'apparaît un peu plus tard. En fait, il s'agit d'une carrière ; ce sont donc uniquement des rochers qu'il s'agit de détruire. J'aime mieux ça.

Le terrain s'aplanit ; je relève la tête. Sur le côté

droit de la route il y a une colline de débris, quelque chose d'intermédiaire entre la poussière et les petits cailloux. La surface en pente est grise, d'une planéité géométrique, absolue. Très attirante. Je suis persuadé que si on y posait le pied on s'enfoncerait aussitôt, de plusieurs mètres.

De temps en temps je m'arrête sur le bord de la route, je fume une cigarette, je pleure un petit peu et je repars. J'aimerais être mort. Mais « il y a un chemin à parcourir, et il faut le parcourir ».

J'arrive à Saint-Cirgues dans un état d'épuisement pathétique, et je descends à l'hôtel *Parfum des bois*. Après un temps de repos, je vais boire une bière au bar de l'hôtel. Les gens de ce village ont l'air accueillants, sympathiques ; ils me disent : « Bonjour. »

J'espère que personne ne va engager la conversation de manière plus précise, me demander si je fais du tourisme, d'où je viens en vélo, si la région me plaît, etc. Mais, heureusement, ceci ne se produit pas.

Ma marge de manœuvre dans la vie est devenue singulièrement restreinte. J'entrevois encore plusieurs possibilités, mais qui ne diffèrent que par des points de détail.

Le repas n'arrangera rien. Pourtant, entre-temps, j'ai pris trois Tercian. Mais je suis là, seul, à ma table, j'ai commandé le menu gastronomique. C'est absolument délicieux ; même le vin est bon. Je pleure en mangeant, avec de petits gémissements.

Plus tard, dans ma chambre, j'essaierai de dormir ; en vain, une fois de plus. Triste routine cérébrale ; l'écoulement de la nuit qui paraît figé ; les représentations qui s'égrènent avec une parcimonie grandissante. Des minutes entières à fixer le couvre-lit.

Vers quatre heures du matin, pourtant, la nuit devient différente. Quelque chose frétille au fond de moi, et demande à sortir. Le caractère même de ce voyage commence à se modifier : il acquiert dans mon esprit quelque chose de décisif, presque d'héroïque.

Le 21 juin, vers sept heures, je me lève, je prends mon petit déjeuner et je pars en vélo dans la forêt domaniale de Mazas. Le bon repas d'hier a dû me redonner des forces : j'avance souplement, sans effort, au milieu des sapins.

Il fait merveilleusement beau, doux, printanier. La forêt de Mazas est très jolie, profondément rassurante aussi. C'est une vraie forêt de campagne. Il y a des petits chemins escarpés, des clairières, du soleil qui s'insinue partout. Les prairies sont couvertes de jonquilles. On est bien, on est heureux ; il n'y a pas d'hommes. Quelque chose paraît possible, ici. On a l'impression d'être à un point de départ.

Et soudain tout disparaît. Une grande claque mentale me ramène au plus profond de moi-même. Et je m'examine, et j'ironise, mais en même temps je me respecte. Combien je me sens capable, jusqu'au bout, d'imposantes représentations mentales ! Comme elle est nette, encore, l'image que je me fais du monde ! La richesse de ce qui va mourir en moi est absolument prodigieuse ; je n'ai pas à rougir de moi-même ; j'aurai essayé.

Je m'allonge dans une prairie, au soleil. Et maintenant j'ai mal, allongé dans cette prairie, si douce, au milieu de ce paysage si amical, si rassurant. Tout ce qui aurait pu être source de participation, de plaisir, d'innocente harmonie sensorielle, est devenu source de souffrance et de malheur. En même temps je ressens, avec une impressionnante violence, la possibilité de la joie. Depuis des années je marche aux côtés d'un fantôme qui me ressemble, et qui vit dans un paradis théorique, en relation étroite avec le monde. J'ai longtemps cru qu'il m'appartenait de le rejoindre. C'est fini.

Je m'avance encore un peu plus loin dans la forêt. Au-delà de cette colline, annonce la carte, il y a les sources de l'Ardèche. Cela ne m'intéresse plus ; je continue quand même. Et je ne sais même plus où sont les sources ; tout, à présent, se ressemble. Le paysage est de plus en plus doux, amical, joyeux ; j'en ai mal à la peau. Je suis au centre du gouffre. Je ressens ma peau comme une frontière, et le monde extérieur comme un écrasement. L'impression de séparation est totale ; je suis désormais prisonnier en moi-même. Elle n'aura pas lieu, la fusion sublime ; le but de la vie est manqué. Il est deux heures de l'après-midi.

4576

Achevé d'imprimer en France
par **CPI BRODARD ET TAUPIN**
le 18 novembre 2010. 61156

Dépôt légal novembre 2010. EAN 9782290028513
1er dépôt légal dans la collection : août 1997

ÉDITIONS J'AI LU
87, quai Panhard-et-Levassor, 75013 Paris

Diffusion France et étranger : Flammarion